AF198126

Tucholsky Wagner Zola Scott Sydow Freud Schlegel
Turgenev Wallace Fonatne
Twain Walther von der Vogelweide Fouqué Friedrich II. von Preußen
Weber Freiligrath
Fechner Fichte Weiße Rose von Fallersleben Kant Ernst Frey
Richthofen Frommel
Engels Fielding Hölderlin
Fehrs Faber Flaubert Eichendorff Tacitus Dumas
Eliasberg Ebner Eschenbach
Feuerbach Maximilian I. von Habsburg Fock Eliot Zweig
Ewald Vergil
Goethe Elisabeth von Österreich London
Mendelssohn Balzac Shakespeare Dostojewski Ganghofer
Lichtenberg Rathenau Doyle Gjellerup
Trackl Stevenson Tolstoi Hambruch
Mommsen Lenz Hanrieder Droste-Hülshoff
Thoma von Arnim Hägele
Dach Verne Hauff Humboldt
Reuter Rousseau Hagen Hauptmann Gautier
Karrillon Garschin
Damaschke Defoe Hebbel Baudelaire
Descartes Hegel Kussmaul Herder
Wolfram von Eschenbach Dickens Schopenhauer
Darwin Melville Rilke George
Bronner Grimm Jerome
Campe Horváth Aristoteles Bebel Proust
Bismarck Vigny Barlach Voltaire Federer Herodot
Gengenbach Heine
Storm Casanova Tersteegen Grillparzer Georgy
Lessing Langbein Gilm
Chamberlain Gryphius
Brentano Lafontaine
Strachwitz Claudius Schiller Kralik Iffland Sokrates
Schilling
Katharina II. von Rußland Bellamy Raabe Gibbon Tschechow
Gerstäcker
Löns Hesse Hoffmann Gogol Wilde Gleim Vulpius
Luther Heym Hofmannsthal Klee Hölty Morgenstern
Roth Heyse Klopstock Kleist Goedicke
Luxemburg Puschkin Homer Mörike
La Roche Horaz Musil
Machiavelli Kierkegaard Kraft Kraus
Navarra Aurel Musset Kind Hugo Moltke
Lamprecht Kirchhoff
Nestroy Marie de France Laotse Ipsen Liebknecht
Nietzsche Nansen Ringelnatz
Marx Lassalle Gorki Klett Leibniz
von Ossietzky May Irving
vom Stein Lawrence
Petalozzi Knigge
Platon Pückler Michelangelo Kafka
Sachs Poe Liebermann Kock
de Sade Praetorius Mistral Zetkin Korolenko

Der Gwissenswurm

Ludwig Anzengruber

Impressum

Autor: Ludwig Anzengruber
Umschlagkonzept: toepferschumann, Berlin

Verlag: tredition GmbH, Hamburg
ISBN: 978-3-8424-8818-2
Printed in Germany

Ludwig Anzengruber

Der Gwissenswurm

**Bauernkomödie mit Gesang
in drei Akten**

Personen:

Grillhofer, *ein reicher Bauer*

Nikodemi Dusterer, *sein Schwager*

Wastl, Michl, Rosl *und* Annemirl, *Dienstleute bei Grillhofer*

Die Horlacher-Lies

Leonhardt, *Fuhrknecht*

Poltner, *der Bauer an der »Kahlen Lehnten«*

Sein Weib

Natzl *und* Hans, *deren Söhne*

Knechte und Mägde im Grillhoferschen Hause

Uraufführung am 19. September 1874 im Theater an der Wien

Erster Akt

Wohlhäbige Bauernstube. Hintergrund links ein Doppelfenster, rechts der Haupteingang. Rechte Seite Fenster, links eine Seitentür. Vorne gegen links ein Tisch mit mehreren Stühlen, gegen die Wand ein mit Leder überzogener Sorgenstuhl, an dessen Rückenlehne ein Bettpolster. Wie der Vorhang aufgeht, ist die Bühne leer. Auf dem Tische steht eine dampfende Schüssel. Vor dem Fenster sieht man Knechte und Mägde mit Rechen und Heugabeln vorbeiziehen.

Erste Szene

Knechte und Mägde.

Chor. Knechte.

Glei is die Sunn am Platz,
Mußt dich halt schlaun,
Sunsten, mein lieber Schatz,
Brennt's dich ganz braun.

Mägde.

Mei Bub, geh, sag ma no,
Was kümmert's dich?
Die Sunn, die brennt dich do
Schwärzer als mich!

Beide *(Jodler)*.

Jujujuheh! *(Ausklingend.)*

Zweite Szene

Von links: Rosl (ältere Magd) führt Grillhofer, der sich leicht auf sie stützt, herein.

Grillhofer. Au weh! Au weh! Hebt schon wieder so a sakrischer Tag an.

Rosl. No, kimm nur, Bauer. Da steht schon dein Suppen; laß s'nit kalt werdn.

Grillhofer. Ah was – meintswegn. Mir schlagt eh nix mehr an. *(Hat sich mit Beschwer niedergelassen, schneidet behend sich Brot in die Schüssel und löffelt es mit Gier aus.)*

Rosl. Wer weiß, Bauer. Wann dich der liebe Gott wieder gsund machen will ...

Grillhofer. Er will aber net!

Rosl. Ah freilich! Er wird schon wolln.

Grillhofer*(schreit).* Er will aber net, ich weiß's!

Rosl*(erschrocken).* No ja, nachher is's was anders.

Grillhofer. Weißt, Rosl, du mußt's nit so aufnehmen, wonn ich dich anschrei! Es is nit so bös gemeint. Aber weißt, wonn man in Erkenntnus der Sündhaftigkeit schon so weit kämma is, daß man sich frei in alles schicket, wenn ein'm glei in Gottesnam der Teufel holet, so laßt man sich selbn Zustand der Gnad von neamad mehr gern abreden.

Rosl. No jo, freilich, freilich, wohl, wohl, Bauer, wann's a so is, so bleib holt in dein Zustand.

Dritte Szene

Vorige. Wastl (durch den Haupteingang).

Wastl. Gutn Morgn, Bauer.

Grillhofer. Gutn Morgn Wastl. Na, na, laß nur dein Pfeif in Maul, geht dir sunst aus.

Wastl. Kann's wohl derwarten. Es is für dich net zutraglich, kunnt dich reizen, hust ehnder z'viel. – No werdn wir heunt schaun, daß wir's Heu hereinkriegn, 's Wetter wird neama lang so sauber aushalten. Gestern schon um Mittag hot's in der Luft so g'flirretst, als wär die a in der Hitz verbröselt und tat durcheinanderwoiseln, wann die Sunn durchscheint. 's is höchste Zeit zum Dazuschaun! Und a Heu is dös, Bauer, so schön und viel, und es riecht frei, daß eins umfalln könnt vor Gutheit.

Grillhofer. Noja, noja.

Wastl *(schupft die Achsel).* »No ja – no ja.« Aber, Bauer, wann ich dir sag, a Heu – 's älteste Rindvieh da herum kann sich auf so oans nit besinna. Gfreut dich denn gar nix mehr? Nachhert gfreut ein'm a nix. Wem gang's denn was an, wann dich net?

Rosl. Hast recht, Wastl, hast recht, sag ihm's nur h'nein!

Grillhofer. Laßts es gut sein. Wann ich so bin, is's doch eng nit abtraglich. Ich vergunn schon mein Nebenmenschen 's gute Heu. Jo, jo, gwiß. Aber *ich* taug halt nix mehr auf derer Welt – na – na – mich bekümmert nimmer 's irdische, mich bekümmert nur 's himmlische Heu, wovon gschribn steht: »Der Mensch welkt dahin wie Heu!«, und da is mir nur um die Einfuhr in den himmlischen Heuschober!

Wastl. Jesses und Joseph, Bauer, mir kennt sich frei neama mit dir aus. Wann ich dir früher gredt hätt von so ein Heu, wie dös a Heu is...! Aber seit dich nur allweil bekümmerst, was gschrieben steht, gibst auf kein vernünftig Reden mehr was.

Rosl. Hast recht, Wastl, hast schon recht, sag ihm's nur h'nein.

Wastl. Seit dich vor ein halbn Jahrl der Schlag gstreift hat, bist neama der alte.

Grillhofer. Selb tat sich a net schicken! Dös war a Deuter vom lieben Gott, sider der Zeit halt ich still und wart auf'n zweiten. Mei lieber Wastl, du bist a guter Bub – a du, Rosl, ja, ja, du bist a a ehrlichs Mensch – müßts halt a Einsehn mit mir habn, noch dös kleine Neichtel Zeit, so mir bschiedn is; leicht moch ich noch fruher a End und zieh mich zruck von alln weltlichen Wesen. Ja, ja, konn leicht möglich sein, ich bin no lang net so, wie ich sein möcht, hat sich doch vorhin, wie du kämma bist, Wastl, der Gwinst- und Spekalierteufl in mir a weng noch grührt. Na, na, dös därf net sein, daß sich 's Heu zwischen mich und mein Schöpfer drängt. Na, na, ich hab eh gnug auf mir, dazukämma derf nix mehr, abwendig derf mich nix mehr machen von die gottseligen Gedanken.

Rosl. Tust doch, als wärst der sündhaftigste Mon. Hast leicht eins umbracht?

Grillhofer. Dös net, Gott sei Dank, Rosl, dös net; aber 's Gegenteil auf unerlaubte Art kunnt leicht möglich sein. – Geh, lang mir das dicke Buch dort her. *(Rosl holt die Postille von einem Schrank und legt sie vor Grillhofer hin.)*

Grillhofer. So, und hiazt gehts all zwei in Gottsnam an enger Tagwerk und ich geh an meins. Is der Schwager noch net da?

Rosl. Na.

Grillhofer. Wann er kimmt, Rosl, so bring ein Wein und a weng a Rauchfleisch eine. Hizt gehts. *(Schlägt das Buch auf und beginnt zu lesen.)*

Rosl. Bhüt Gott! *(Ab durch den Haupteingang.)*

Vierte Szene

Grillhofer und Wastl.

Grillhofer. Bhüt dich Gott, Rosl! *(Kleine Pause, ohne aufzusehen.)* Bhüt dich Gott, Wastl!

Wastl. Ich hob jo no nix gsagt.

Grillhofer(*aufblickend*). Willst no was?

Wastl. Es liegt mir schon lang auf. Über dein Schwagern, übern Dusterer, möcht ich mich amal ausreden.

Grillhofer. No, nur kein unbschaffens Wort!

Wastl. Bewahr wär mir a z' gring dazu, daß ich a unbschaffens Wort über eahm verlier – der elendige Kerl.

Grillhofer. Wastl! – Er is mein einziger Verwandter, der einzige Mensch, der ein trostreichen Zuspruch für mich hat, dem was glegn is an mir in Zeit und Ewigkeit.

Wastl. Ich weiß's eh, er is, der dich zu dem bußfertigen Wesen hinzerrt, wie 's Kalbl zur Kuh, wenn's es Saufen derlernen soll.

Grillhofer. Hehe! Sixt, Wastl, wie d' trotz deiner Boshaftigkeit nix dagegen fürbringa kannst! 's Kalbl muß ja saufen, sunst wurd's hin!

Wastl. Schon recht, Bauer, aber für a Kalbl warst mer doch schon z'viel ausgwachsen. – Sag do selber, Bauer, wie d' no riegelsam warst, hat der Dusterer kein Fuß über dein Staffel gsetzt – was findt er's denn hizt vonnöten, daß er dir alle Tag übern Hals rennt? Zwegn der Zeit und Ewigkeit leicht? Ka Red, meinst net selber, daß er sich zutatig macht, weil er glaubt, es könnt die ganz Hinterlassenschaft an ihm falln? Und hat er dich erst da, nachher kunnst freili – von ihm aus – Gott verhüt's – nit früh gnug selig werdn.

Grillhofer. So mein ich ja eh selber!

Wastl. Na alsdann, na sixt, is doch amal a gscheite Red von dir! Oder wie d' früher hast a Wartl davon falln lassen, daß d' dich möchtst in die Ruh setzen, meinst nit a selber, er wurd dir einredn, daß dein ganz Bußfertigkeit um a gut Trümmerl z' kurz war, wann du nit ihm 'n Hof verschreibst und nöt bei seiner Sippschaft als Ausnehmer bliebst? Han?

Grillhofer. Na jo, so mein ich ja ehnder selber!

Wastl. No, so sag ich, scheinheilig is er.

Grillhofer, Und ich sag, er is's net.

Wastl. Wohl is er's!

Grillhofer. Na, sog i! Wastl, du bist a dummer Bua, du verstehst dös net, der Dusterer, der is so, der is so, wie er is. Und zwegn dem, was mer gredt habn, so tut das der Bußhaftigkeit kein Eintrag und werd i ihm's doch net in Übel aufnehma, daß er auf sich schaut, wo sein Vorteil und der meine Hand in Hand gehn.

Wastl. Na, hörst, da möcht eins doch glei narrisch werdn! Wann sein Vorteil is, meinst nit, es kunnt wohl a a kleine Spitzbüberei mit unterlaufen?

Grillhofer. Na, Wastl, dös net, dös net! Alls, was er fürbringt, dös is nur zu wahr – nur zu wahr is's!

Wastl. No, ich konn da nix sagn, ich weiß nit, wie er dich h'rumkriegt hat, so hilft a kein Redn.

Grillhofer. Host a recht, Wastl. Redn is do von unnötn! Der Dusterer ist über ein Feldpater! Alles kurz und eindringlich und hizt: glaub's oder glaub's nit! A Teuxelskerl sag ich dir, mit sein gottgfälligen Wesen. Dran glauben muß man. Dös hat er heraust, ja, ja, dös hat er heraust! Zwegn, daß er sein Vorteil sucht, selb is richtig, aber dös tut nix, mag's selber gern sehn, wann einer was treibt, er treibt's recht, aber ehrlich muß's dabei zugehn! Wann ich ihm dahinter kam, daß dös kein Schickung is, dö ihn in mein Haus führt, daß net so sein müßt, wie er sagt, daß er auf 'n Herrgottn sein Rechnung lugt – Kreuzsakra, Wastl, da kriegest a Arbeit.

Wastl. Jesses, Bauer, schaff an, schaff nur glei an!

Grillhofer*(läßt den Kopf hängen)*. Laß gut sein, Wastl, laß's gut sein. 's kimmt nöt a so. – Er hat mich schon bei der richtigen Faltn. Er hat mich an oans erinnert, hon's schon lang vergessen ghabt – hizt aber hat sa sich aufgriegelt, hizt sitzt's da und gibt kein Ruh mehr, der Gwissenswurm is's – und da hilft kein Aufdammen. Schön, schön unterdrucken heißt's und reuig sein.

Wastl. Grillhofer, wann's wahr is, daß eins, das sein Art auf einmal ändert, bald verstirbt, so machst es neama lang, der Dusterer braucht net lang mehr ernste Gsichter z'schneiden, der konn bald lachen. Kreuzteufi! Früher habn mer g'arbeit und sein dann lustig gwest all Tag und du warst der Fleißigst und Lustigste, und wann ich denk, daß der alte Halunk dran Schuld tragt, daß mir hizt dasitzen wie auf einer Kartausen – Sikra h'nein, ich wollt, er kam hizt h'rein, daß i ihm's h'neinsagn kunnt: Dusterer, du bist a Haderlump!

Fünfte Szene

Vorige. Dusterer.

Dusterer*(kleine, hagere, schwächliche Gestalt, von der Zipfelmütze bis zu den Stiefeln hinunter ganz schwarz gekleidet. Spricht alles auf trockene, gewichtige Bauernmanier, stoßweise).* Gelobt sei Jesus Christus!

Wastl*(schreit, wie in seiner Rede fortfahrend).* In Ewigkeit!

Grillhofer. In Ewigkeit!

Dusterer*(behält seine Pfeife im Munde und geht rasch auf Grillhofer zu).* Grüß Gott, Schwager, grüß Gott, no, wie is dir denn wordn aufs letzte Beten?

Grillhofer. Hm, besser, ja, ich mein schon a bissel besser!

Dusterer*(setzt sich).* Verlaubst schon. Na, sollt mich freun. Ja, ja. *(Beobachtet Grillhofer scharf.)* Sollt mich rechtschaffen gfreun! Tats nur wieder weisen, daß ma die Krankheiten abbeten kann, is a alte Gschicht! Freilich ghört die rechte Frummheit und Bußfertigkeit dazu! Wer nur unserm Herrgott 's Maul machen möcht, der richt nix. Nur an die Leut und an der eingrißnen Gottlosigkeit liegt's – an sonst nix – an sonst nix! *(Pafft Rauchwolken von sich.)* Ja, ja.

Wastl*(tritt zu ihm).* Mußt nit rauchen, Dusterer! Ich bin vom Haus und rauch a nöt! *(Nimmt ihm die Pfeife aus dem Mund.)*

Grillhofer. Wastl – du Sikra h'nein!

Wastl*(klopft die Pfeife auf dem Fensterbrett aus und setzt den Fuß auf die glimmende Asche).* Verlaubst schon. Um die Gselchtigkeit is 'm Bauern ja do net z' tun!

Grillhofer. Na, aber der Ärger, den d' ein'm machst, schlagt mir leicht an?

Wastl. Is dir gwiß gsünder! *(Gibt dem Dusterer die Pfeife zurück.)* Da, Dusterer.

Grillhofer. Wastl, du Sakra, du nimmst dir viel heraus. *(Erhebt sich mühsam.)* Mach mich nit schichti, am End kunnt ich dich doch no meistern.

Wastl. Recht is's, dös steht dir an – kimm nur her, Bauer, ich wehr mich nicht viel – und dir is's leicht gsund!

14

Grillhofer(*setzt sich erschöpft*). Du narrischer Höllteufl, du! – Geh zu, sag ich, geh zu! –

Dusterer(*begütigend*). Laß gut sein, Schwager, laß's gut sein – ja – ja! (*Mit Emphase.*) I verzeih ihm – ich verzeih ihm – dös tu ich.

Wastl(*mit unsäglicher Verachtung*). Er verzeigt mir! (*Ist bis zur Türe gegangen.*) Der! Verzeigt mir! Bhüt dich Gott, Bauer! (*Ab.*)

Sechste Szene

Grillhofer. Dusterer, dann Rosl.

Dusterer. Is a kecker Ding, der Wastl! Ja, ja! Mein allweil, Hochmut kommt vorm Fall. Kunnt doch gschehn, wer weiß, wie bald, daß er entbehrli wurd. – Ja.

Grillhofer. No, no, nur vertraglich! Was sagst, du verzeigst ihm, wann d' ihm was nachtragn willst?

Dusterer. Hat er s' angnommen, dö Verzeihung – hat er s'angnommen? Han?

Grillhofer. Ah was, auf 'm Stubenbodn wird er s' nit liegen lassen habn! – Solang ich die Augen offen hab, will ich net sehn, wie mein Anwesen zruckgeht, der Wastl is wie a Pfleger drauf. Tat keiner gut, der ihn weggab. Du verstehst dich a mehr aufs Himmelreich als auf d' Wirtschaft!

Dusterer. Wohl, wohl. Z' wirtschaften hat's wenig gebn, da muß oans auf 'n himmlischen Vater vertraun. Daß ich sag, ja, daß ich sag, es war mir vorhin nur um die Pfeifen, weil a Anfeuchtung is beim Reden – weißt, mir redt sich trocken so schwer.

Grillhofer. D'Rosl muß eh glei ein Wein bringen.

Dusterer. No nochert is schon recht, nochert is schon recht. Dann wölln mer weiterredn. Mein Seel, ich bin so austrückert da h'rum als hätt mich die glütende Hölluft anblasen.

Grillhofer. Warst leicht unt auf ein klein Bsuch?

Dusterer. Dös net, Schwager, dös net, aber glesen hab ich davon.

Grillhofer. In ein Buch stund's aufzeichnet?

Dusterer. In ein großen, dicken Buch – wie dös, so dick – sein auch Bilder dabei, alles, wie's zugeht; es ist grausam anzschaun, sag ich dir.

Grillhofer. So, so, ja freilich wann's bschriebn is, ja freilich nachher! – Mußt mir's lesen lassen!

Dusterer. Gwiß Schwoger, gwiß! Sobald so weit bist, daß dir einwendig denken kannst: »Dich trifft's neama, du bist draust!«, dann is aber a rechte Herzfreud, wann ma so davon lest und denkt sich all seine Feind und Unfriedmacher in die Qual hinein. Dös is dir a so a Vergnüglichkeit, wie beispielmäßig, wann's dir dein Anrainer die ganze Feldfrucht verhagelt, dir biegt's kein Halmerl um.

Grillhofer. Jo, aber wo bleibt denn da die christlich Nächstenlieb?

Dusterer. Richtig, richtig, die hon ich beispielmäßig ganz vergessen. Aber wo bleibt denn der Wein?

Siebente Szene

Vorige. Rosl.

Rosl*(bringt eine Flasche mit Wein, dazu ein Glas und einen Teller, worauf ein Stück Rauchfleisch und ein Brot, und stellt es vor Dusterer auf den Tisch).* Gsegn's Gott!

Dusterer. Vergelt's Gott! Schau, die Rosl –- die Rosel –- no, du bist ja no allweil so sauber beinander, wie's jüngste Dirndl! *(Schenkt rasch ein.)* Verlaubst schon, Schwoger, daß sie mir Bescheid tut! *(Nötigt ihr das Glas auf, indem er sie um die Hüfte faßt.)*

Rosl. Wann's erlaubt ist? Dein Wohlsein!

Dusterer*(tätschelt sie im Rücken).* No, bleibst wohl hübsch ledig – hübsch ledig – und brav?

Rosl*(macht sich los und schlägt ihn auf die Hand).* Was is denn dös? *(Ab.)*

Achte Szene

Vorige, ohne Rosl.

Dusterer. No, no – is a dalkets Ding, die Rosl. – Grillhofer, am Schürzenbandl bin ich ihr hängenbliebn, ja, ja, am Schürzenbandl, sunst nix! (Trinkt.) Ah, das is a Tropfen! *(Stellt das Glas vor sich hin.)* Ja, daß ich also sag, Schwoger, weil ich mich hizt leichter mit dir red und weil wir allein sind. – Grillhofer *(erhebt sich feierlich)*, Grillhofer, mir machst nix weis! *(Schenkt im Stehen wieder ein.)*

Grillhofer. Wie meinst dö Red?

Dusterer*(setzt sich, indem er den Wein austrinkt).* Schwoger, ich weiß, warum ich dir gsagt hab, daß ich dir das Höllbüchl erst spater bring. – Ich hab dich fruher betracht – du hast gsagt, besser wär dir. – Laugn's net – wir sein hizt unter vier Augen – dir is übler als gestern.

Grillhofer. No, werd ich's leicht laugnen unter uns? Nur vorm Wastl, daß er sein vorlauten Wesen Einhalt tut, hab ich's gsagt. Aber ich muß's wissen, daß mir einwendig wohler ist, die Seel is mir gsünder wie jemal.

Dusterer. Dös gab der liebe Herrgott, aber leicht is dös Ganze nur a hoffartig Einbildung von dir. *(Erhebt sich wie oben.)* Grillhofer, weißt, warum dir net besser is? *(Schenkt ein.)*

Grillhofer. Wußt's net.

Dusterer. Weil dir die Bußhaftigkeit fehlt. *(Setzt sich und trinkt aus.)* Weil dir die Bußhaftigkeit fehlt.

Grillhofer. Dös wußt ich a net.

Dusterer. Grillhofer, glaub mir, wann i dir was sag! Dir fehlt die Bußhaftigkeit!

Grillhofer. Möcht wissen, warum!

Dusterer. So, so – beispielmäßig laß dir sagn, es is a Unterschied zwischen Frummheit und Frummheit und Reuhaftigkeit und Reuhaftigkeit, wie zwischen 'm Rosolie und 'm Wacholder, der eine is zur Hochfahrt, der andere warmt ein'm 's Einwendige. *(Erhebt sich* *wie oben.)* Grillhofer, es steht geschrieben: »Wer mir nachfolgen will –«

Grillhofer. »Der nehme sein Kreuz auf sich!«

Dusterer. Nein.

Grillhofer. Was na? Nachher nöt.

Dusterer. Das heißt, so steht wohl a gschriebn, aber so mein ich net, 's Kreuz hast schon auf dir. Aber es steht ferner geschrieben: »Wenn du mir willst nachfolgen, so wirf dein Gut ins Meer!«

Grillhofer. Tragst du mein Hof auf 'm Buckel hin bis zum Meer?

Dusterer. »Ins Meer und teile es mit den Armen.« *(Setzt sich und trinkt aus.)*

Grillhofer. So kann net gschrieben stehn!

Dusterer. Warum?

Grillhofer. Wann ich's ins Meer wirf, kriegn's ja die Fisch und net dö Armen.

Dusterer *(erhebt sich wieder).* Aber es steht doch so geschrieben.

Grillhofer. Wird doch kein Unsinn gschriebn stehn?!

Dusterer. Und warum net, Grillhofer? Glaub mir, wann ich dir was sag. Es steht geschrieben!

Grillhofer. Na, da mach du a Nutzanwendung drauf, ich bin mir z' dumm dazu.

Dusterer *(setzt sich und trinkt aus).* Is kein Kunst, denn es is beispielmäßig zu verstehn. Wann du willst mit'm Himmel auf gleich kämma, dann mußt du alles Weltwesen, um was dich noch sorgen und bekümmern könntst, von dir tun, du mußt das Deine verschenken, mußt es an die Armen verteilen.

Grillhofer. Da sein eahner doch z'viel, kam ja auf kein was, wär schad um das schöne Anwesen!

Dusterer. Kannst es ja beinandlassen; wann d' ein einzigen Armen a Guttat derweist, gilt's für alle! Schau dich halt um, vielleicht findst unter der Hand in einer einzigen Familie a ganz Träuperl Arme beinander, die leicht noch z' neben der christlich Nächstenlieb no a verwandtschäftliche Zuneigung für dich hätten – ja –ja – brauchst etwa gar net weit herumzsuchen, Schwoger – ja – hm – ja, daß ich sag, beispielmäßig, ich und mein Weib und meine fünf Kinder, wir möchten dich schon rechtschaffen pflegen, möchten dir's im Gebet gedenken, a nach dein'n seligen End – ja – ja beispielmäßig!

Grillhofer. Schneid net so h'rum, 's hat ja alls a christlich Absehn und hab ich schon selber dran denkt. Aber in d' Ausnahm gehn, wo andere mit ihnere leiblich Kinder aften nix Guts derlebn, zu Fremde auf Gnoden und Ungnoden!? Net beklagn könnt i mich, heißet's doch gleich: der Narr, was hat er 's unnötig tan? Und von fruher her hot's mir nie taugt, dein Sippschaft zwegn engerer Duckmauserei – na, es is nur, daß ma sich ausdischkariert – ja – ja – därf dich net beleidingen! Jetzt steht's mer ja an, verwahrt war ich schon, wie in ein Kloster, selb weiß ich. Wohl, wohl. Aber ich denk nur so, koan andrer da h'rum tat a so.

Dusterer. Grillhofer – Schwoger – laß dir sagn, tu's oder tu's net. Mir is net um mich. Aber nach die andern mußt net fragn, na, na, nach dö mußt net fragn. Mußt es der Sippschaft net antun, daß ma's derlebt, wir fahreten am jüngsten Tag allzsamm in Himmel und mußten dich zrucklassen und für alle Ewigkeit voneinander. Sorg di um di, laß du nur dö andern in d' Höll abipurzeln. Hihi, laß nur dö abipurzeln!

Grillhofer. Na jo – selb war schon recht, wann's nur net ein oder der andere etwa doch billiger richtet und rumpelt a da obn eine und hernzet mich d' halb Ewigkeit: daß mei Himmel z' teuer war. I möcht nur fragn, ob sich's a auszahlt? Wann no die andern bräver warn –! Bin ich denn so sündig?

Dusterer(*fährt empor*). Fragst no – fragst no, Grillhofer, ob d' sündig bist?! Solltst nit fragn, Grillhofer, du net, du vor alle andern net – sollst darnach fragn; du bist's – Grillhofer, und schon wie! Beispielmäßig laß dir sagn, auf der Alm im Fruhjahr, wann sich der Schnee ballt, fliegt so a Malefizvogel – meint selber nix Args – vom Astl oba und nimmt sich a Maul voll Schnee – und denkt bloß, er tut sein Schnabel a Guttat, paar Bröckeln rutschen weiter, es wird a Kügerl draus, aus der Kugel a Knödel, aus'm Knödel a Bünkel wie a Fuder Heu, dös torkelt allweil Tal obi, immer größer und größer und raumt 'n Wald mit, haut abi ins Tal und die Lawin is fertig. So a Unglücksvogel bist a du, Grillhofer! *(Schenkt ein.)* Bist auch du! Frag net, ob d' sündig bist! Denk an die Riesler-Magdalen, was vor fünfundzwanzg Jahr in dein Dienst war, wie mein Schwester, dein Weib, Gott hab s' selig, noch glebt hat, denk an die Riesler-Magdalen, sag ich, dö hast du a ins Kugeln bracht, daß ins Rollen kämma und in die siedige Höll h'neingfalln is und, wer weiß, wieviel Seeln mitgrissen hat! Neamand hat mehr was von ihr derfahrn, die fufzgimal ist s' vom Gricht zwegn einer Erbschaft aufgfordert wordn, verschollen is s' bliebn! Grillhofer, aber am Tag des Gerichts, da wird alles ans Licht zogn, da wird sich herausstellen, was du alles angstellt hast in sündhafter Begehrlichkeit! Grillhofer, wann da Sachen ans ewige Licht kommen, was uns gar net träumt?! Wann's gfragt wird: wer is schuld an deiner armen Seelverderbnus? Grillhofer, Schwoger, nöt um a Million möcht ich da an deiner Stell unbußfertiger vor Gottes Thron stehn, nöt um a Million!

Grillhofer. Hätt ihr doch nachfragn solln!

Dusterer. No wohl – no wohl! Aber hizt is's z' spat, gschehn is gschehn. Ich wollt dir's ehnder net sagn, aber heunt nacht hat mir wieder von ihr traumt, wie s' da gsessen is in ewign Feuer, rundum es höllische Glast! O Jesses, es war schreckbar! Heunt fruh hab ich glei zu meiner Alten gsagt: für dö zwei armen Seelen muß was gschehn.

Grillhofer. Hast recht, dumm is schon, aber hast recht. No hilft nix als fleißig fürbitten. Am End hast doch schlecht gsehn – na ja – na ja – im Feuer und Rauchen verlassen ein'm ja leider die Augen, wird am End gar net dö Höll gwesen sein, sundren nur 's Fegfeuer, wo die Magdalen hast sitzen gsehn?

Dusterer. Beschwörn kunnt ich's net, daß's die Höll war!

Grillhofer. No, so gehn wir's halt an, wär mir lieb, wann's derer armen Seel a z'guten kam! Wann mer wieder a bissel besser is, fahrn mer nach der Kreisstadt, und da mach mir's halt richtig – ja – ja – du ziehst auf'n Hof samt deine Leut, a kleine Probzeit, und ich verschreib dir'n, aber, daß nichts verabsaumt wird!

Dusterer. No nix, gar nix, kannst dich verlassen. No schau, selb gfreut mich, deintwegn, Schwoger, deintwegn! Meiner Seel! Abgsehn, daß 's gute Werk a a Staffel in Himmel is. Aber deintwegn schon gar. Hizt wirst schon Herr werdn über den sakrischen Gwissenswurm, verlaß dich drauf, es is net der erste, den ich aus'm Nest nimm! – Ja – ja, kannst dich verlassen! Was ich sagen wollt: wann geht's nach der Kreisstadt – wann dir leichter is? Sixt, Grillhofer, sixt, schau, Schwoger, hizt lass' ich dir a 'n Bader holn, ja, ja, man derf nix außer acht lassen und die Kräuter habn ja ihnere Heilsamkeit a vom lieben Gott. ja, ja, weißt, hizt is was anderscht, früher wär der Bader zu nix net nutz gwesen, aber hizten habn wir zum Anfang 'n Wurm 's Zappeln glegt, dös is 's erste. Wann dös vorbei is, kann a der Bader wieder was richten. Mein Seel, heunt gfreut mich mein Lebn! *(Ist aufgestanden und tätschelt den Grillhofer zärtlich in den Rücken.)* Weil ich so ein Schwagern hab! Ja ja. Na, die Freud, so a bußfertige Seel z' finden bei derer schlechten Zeit! Beispielmäßig war der Saul im Alten Testament a schlechter Sucher gegen meiner, hat ein Esel gsucht und a Kron gfunden, mir aber war kein Kron so lieb, als daß ich 's Gsuchte a find – *(umarmt Grillhofer)* mein lieben Schwagern!

Grillhofer. No, no, laß's nur gut sein, und wann d' meinst, so schick halt nach'm Bader! Wann amal was sein soll, so hab ich's gern bald in Richtigkeit.

Dusterer*(sitzt wieder auf seinem früheren Platz)*. Ich weiß, ich weiß, mer kennt dich dafür, du haltst auf die Ordnung: Ja, ja, und no war's ja recht! *(Hat das Gesangbucb aus der Rocktasche gezogen und vor sich aufgeschlagen.)* Und daß wir net draus kämman, so laß uns unser Bußlied singen! *(Dusterer setzt ein, Grillhofer singt mit.)*

Lied

Erlös uns von des Lebens Pein,
O Herr, in deinen Gnaden
Und führ uns in den Himmel ein,
Das kann uns gar nicht schaden!

(Wie beide einsetzen, um die zwei letzten Zeilen zu wiederholen, fällt rasch der Vorhang.)

Verwandlung

Freie Gegend. Im Hintergrund ein Teil des Grillhoferschen Hauses, ein Fenster nach der Bühne zu steht offen, dessen bunte, kurze Vorhänge verwehren den Einblick in die Stube. Ein Zaun mit Einlaß in der Mitte schließt den Hintergrund ab. Vorne rechts über einen niederen Graben fährt ein Steg. Links im Vordergrunde ein Heuschober.

Neunte Szene

Liesel kommt über den Steg, sie trägt einen Anzug, der von dem der andern Dirnen abweicht und zeigt, daß sie aus einer andern Gegend daheim.

Lied

Mit üble Vorsätz geh
Fort aus'm Haus,
Glei schaut die ganze Welt
Anderschter aus!
Bin zeitlich fruh noch fort
Im Morgendunst,
Kenn alle Hund im Ort,
Freundlich warn s'sunst!
Nenn jeden bei sein Nam,
Kenn jeden gnau,
Hizt bellen s'hinter oam:
»Schau, schau, schau, schau!
Da geht d' Horlacher-Lies,
Mit der's net richtig is!
Schau, schau, schau, schau!«
(Jodler ad libitum.)
D' Vögerln, die in der Fruh
Singen so lieb,
Die schrein jetzt ein'm zu:
»Dieb, Dieb, Dieb, Dieb!
Ui, dö Horlacher-Lies,
Mit der's net richtig is!
Dieb, Dieb, Dieb, Dieb!«

(Jodler. Mit einer Gebärde, mit der man Vögel verscheucht, in die Hände klatschend.) Gscht! Nixnutzigs Gfliederwerk, nit wahr is's, so is die Horlacher-Lies net! Freilich hot die Mahm gsagt: hingehst und einschmeichelst dich! Als ob ich a Katz wär! Aber kein Red, dös tu ich net. Aber furt von hoam bin i gern, u mein, wie gern! Jahraus, jahrein kein andern Kirchturm sehn als den von Ellersbrunn, d' schön Zeit über vor harter Arbeit 's Kreuz kaum gspürn und 'n Winter über beim Spinnradl sitzen ... oh, du mein Gott, und auf einmal frei h'nausrennen dürfen in die schön grüne, lichte Gotteswelt h'nein – haha, bleibet a Narr hoam! – Jesses und Joseph! Frei kugeln möcht i mich im Heu!

Zehnte Szene

Vorige. Wastl.

Wastl*(schon etwas freier sichtbar, ist bei den letzten Worten durch den Zaun aufgetreten, noch rückwärts)*, Tu's, Dirndel, ich schau dir gern zu!

Liesel*(halb nach ihm gewendet).* Wußt ich, du denkst was Unrechts, kriegest mir eine!

Wastl*(kommt vor).* No wußt i gern, was d' dir denkst, daß i mir denkt hätt, han, Dirndl? *(Erkennt sie.)* Oh, heilig Mutter Anna, dö is's?!

Liesel. Jegerl, der Wastl!

Wastl. Ja, der Wastl und du bist dö Horlacher-Lies, eh schon wissen. Hätt mir's net denkt, ich komm no z'samm ... Was suchst du denn da h'rum?

Liesel. 'n Grillhofer.

Wastl. 'n Grillhofer?

Liesel. Ja 'n Grillhofer!

Wastl. So, 'n Grillhofer? – No, dem sein Großknecht bin ich. Willst leicht in Dienst bei ihm? Da hätt ich a a Wartl dreinzureden. Mir zwei taugen net unter ein Dach, und wann dich gleich der Bauer nahm, so rennet ich heunt no auf und davon.

Liesel. Zwegn meiner brauchst kein Schuh z' zreißen. Ich bin nur auf Bsuch!

Wastl. Auf Bsuch?

Liesel. Jo, auf Bsuch.

Wastl. So, auf Bsuch? Was willst eahm denn?

Liesel. Dös geht di nix an. – Sag amal, was is denn der Grillhofer für a Mon?

Wastl. A trauriger.

Liesel. Ui je, dös taugt mer net, da geh ich lieber glei wieder.

Wastl. Is a gscheiter.

Liesel. Aber geh, Wastl, was hast denn gegn mi? Tut's dich denn net a wengerl gfreun, daß mir uns wieder zsammfinden?

Wastl. Müßt's lügn! – Solltst dich eigentlich schamen, daß d'mich derkennst.

Liesel. Wußt net, warum! Kimmt's mer doch völlig für, als schamest du dich.

Wastl. I mi? Zwegn we, ich frag no, zwegn we?

Liesel. No schau, Wastl, wann ich dir als alte Bekännte gut dafür bin, bleib ich dir derweil die Antwort schuldig, aber möchst mer net sagn, zwegn we ich mich schamen sollt?

Wastl. No, dös ist doch klar.

Liesel. So sag's!

Wastl. »Sag's!« – O du ... »Sag's!« sagt s'! Hat's dir denn no nie leid tan, wie d' mir mitgspielt hast, wie ich no in Ellersbrunn Knecht war?

Liesel. Wie 's du Knecht warst in Ellersbrunn?

Wastl. Jo, wie i Knecht war in Ellersbrunn.

Liesel(nachdenkend), So, wie d' Knecht warst in Ellersbrunn?

Wastl. Tu no, als wußt von all'm nix.

Liesel. Kann's doch schon die Zeit über vergessen habn!

Wastl. Dös sieht dir schon gleich! Ja, dir schon.

Liesel. No, geh, so sag's, wie's war!

Wastl. Wenn i mag!

Liesel. Magst schon, wann i dich bitt.

Wastl. Meinst? Bist a weng sicher.

Liesel. Aber, Wastl, was tust denn so harb? Ich wußt rein nix!

Wastl. Da schlag doch 's Wetter'drein. Bin ich dir net in Ellersbrunn nachgrennt wie narrisch?

Liesel(sieht ihn von der Seite an). Freilich, wohl, wohl! Selb laugn ich net!

Wastl. Stund dir a schlecht an!

Liesel. Is ja alles zwischen uns zwei in Ehrn verbliebn.

Wastl *(grimmig).* Ebens drum!

Liesel. Aber, Wastl, wird dich doch nit harbn, daß sich keins von uns versündigt hat?

Wastl. Dös net! Dös freili nöt! In Ehrn is alls verbliebn, is a dumme Gschicht, aber es muß ein recht sein; mit einer Dirn, was net auf sich halt, laßt sich a kein rechter Bub gern ein. War schon recht dös Dich-in-Ehren-Halten, aber mich fürn Narren halten war von unnöten!

Liesel. Geh! Und wie is denn dös zugangen?

Wastl *(eifrig).* Dös fragst du no? Du fragst dös no? Na, ich dank! Han, wie ich gmeint hab, ich möcht dir taugn, hab ich dich net gfragt, wo mir zsammkomma kinnten?

Liesel. Ja, dös hast gfragt.

Wastl. Und weil dir's auf der Heid z' einschichtig war –

Liesel. Freili –

Wastl. Und mir auf der Landstraßen z' leutselig, hon i gsagt, ich kimm in Wald.

Liesel. Bist jo a kumma!

Wastl. Jo, aber du bist wegbliebn! Sikra h'nein, von wie es Mondschein raufkämma is, bis's wieder abigangen is, bin ich dort am Fleck gwest und a Kälten hat's ghabt, daß's ein schier d' Seel aus 'm Leib hätt rausbeuteln mögn!

Liesel. No, hon ich dir's drauf net gut gmeint, hon ich net gsagt: wann dir die Kälten zwider war, sollst af d' steile Wand gehn, wann hoch um Mittag is?

Wastl. No, war ich net durt? War a a Hitz zum Verschmachten. Wer aber wieder net kämma is, warst du.

Liesel *(ironisch).* Du hast dich aber neamer beklagt.

Wastl. Ah freili, noch ja, daß d' mi leicht no zum Auffrischen in Mühlbach schickest! Dank schön. Teufi h'nein! *(Stampft mit dem Fuße* *auf.)* Frotzel ein'm net! *(Wendet sich ab, sieht aber zuletzt widerwillig nach der Liesel, die laut auflacht, lacht mit.)*

Liesel*(lustig).* Aber schau, Wastl, was kann a Dirn auf a Lieb gehn, dö net amal bissel Kaltstelln und Aufwarmen vertragt! Da is ja mehr Verlaß afs sauere Kraut!

Wastl. Du bist a eine, dö 'm Teufel aus der Butten gsprunga is! Geh zu!

Liesel. No, laß dir a was sagn, Wastl!

Wastl. Red, wann's dir a Freud macht, auf sitz ich dir neamer!

Liesel. Sag mir amal, Wastl: wie dir im Wald und af der Wand langweilig wordn is, warum bist denn nit hoamgangen?

Wastl. Warum ich net hoamgangen bin?

Liesel. Jo, warum d'net hoamgangen bist?

Wastl. No, a so – weil – a so halt, weil i net hoamgangen bin!

Liesel. Werd ich dir's halt sagen, Wastl, warum d' net hoamgangen bist!

Wastl. No, wann d' es besser weißt als i selber, so sag's.

Liesel*(stellt sich ganz nahe zu Wastl).* Weil d' es hast vor die andern Bubn net merken lassen wollen, daß d'umsonst warst *(stößt ihn mit dem Ellbogen in die Seite)*, weil's hätt ausschaun solln, als wär ich durt gwest, und wie lang a noch! Han *(stößt ihn wieder)*, war dös rechtschaffen gegn a ehrliche Dirn? So red was! *(Holt wieder zu einem Stoß aus.)*

Wastl. Na, net – net – *(fängt ihren Arm auf)* meint mer doch nit, du warst da h'rum so spitzig!

Liesel. Auslaß, sag ich! – Aber ich hab mich schon auskennt und allmal zur Zeit, wo ich mit dir hätt gehn solln, hab ich mich mit meine Kameradinnen hübsch im Ort sehn lassen.

Wastl. Jo, jo, und drauf is dös Frotzeln und Feanzeln angangen – und furt mußt ich aus Ellersbrunn, weil ich doch net dös ganze Buamergsindel ein um'n andern niederschlagn mag.

Liesel. Hast aber a ein Unterschied gmerkt zwischen ehrliche Dirndeln und der leichten War.

Wastl. A ja, dös schon, und wie! Hab's a allzsamm in die Höll abigwunschen.

Liesel. Selb macht nix, rennen mehr do no af der Welt h'rum! – Aber dir war schon recht gschehn für dein unehrlichs Gspiel!

Wastl. No, wer sagt, es hätt net do no ehrlich ausgehn mögn?

Liesel. Du hast es net gsagt.

Wastl. No ja, damal war ich dumm und hon gmeint, leicht kunntst du no dümmer sein. Aber sider der Zeit bin ich schon gscheit wordn.

Liesel. Dös sahet mer dir doch net an.

Wastl. Hm, liegt mer net auf, wann du's net bemerkst! Meinst, weil ich mich mit eng Weibsleut net einlass'? Bei eng gilt a jeder für dumm, der sich net anstellt wie a Kater im Marzi. Der Gscheiter halt sich grad af die Seiten. – Wie ich damal furt bin, von Ellersbrunn, hon ich mir denkt: no hast abgwirtschaft in der Lieb für dein Lebzeit. D' Horlacher-Lies wär die einzige, die dir taugt hätt, und dö spielt dir so mit! – Und schad is, wann d' weitersuchst, a zweite wie die Horlacher-Lies gibt's neamer af der Welt! – Gleichwohl taugt a dö nix. Aus is und gar is, schaust dich gar neamer weiter um unter dem Kittelwerk. So hon ich's a ghalten.

Liesel*(schelmisch)*. Geh zu, du kannst ein ja völlig stolz machen, Wastl.

Wastl. Ahan, dös gang dir grad no ab zu dö übrigen Sachen, dö d' an dir hast!

Liesel. Na geh, mach ein'm net schlechter. Kannst es denn wissen, ob mir net hart gschehn is um dich?

Wastl. Wird dir a hart gschehn sein?! Außer es is mittlerweil einer kämma, der dir's abgwonnen hat.

Liesel. Na, dös is net! Ich bin mir grad so gscheit wie du.

Wastl. Was? Du warst noch, wie mir damal voneinand gangen sein.

Liesel. Akrat!

Wastl. Kannst mer in d'Augn schaun, Dirndl?

Liesel. Kerzengrad a noch!

Wastl. Schwör!

Liesel. Meiner Seel und Gott! – No, sag mir aber, Wastl, wann's nur dö eine Horlacher-Lies af der Welt gibt, warum stund dir denn die a neamer an?

Wastl. Ja weißt, Liesel, dös is a so! Du bist freilich a so a recht, wie d' bist, aber a so bist net, wie ich mir dich einbildt hab.

Liesel. No, so sei halt kein so einbilderischer Ding!

Wastl. Ja, mein Gott, dös verstehst net. Dös is halt wieder a so: Wann ma di a so anschaut, da kriegt ma erst vorm Herrgottn Respekt, der a so was af d' Füß stellt, so frisch und lebig und sauber und kreuzbrav, dös war schon dö Horlacher-Lies, wie's kein zweite net gibt. Aber wann ma denkt, wie du ein'm mitspieln magst, wo du deine Krampeln versteckt hast, da meint mer doch, selb taugt a wieder net; wann d' nur a bissel a Demütigkeit no hättst!

Liesel. Jegerl, geh zu, weil du so demütig bist, glangst glei keck nach der Dirn, wie's kein zweite mehr gibt, und verwunderst dich, daß dö net gleich a bemerkt, daß du der Wastl bist, wie's kein zweiten mehr gibt!

Wastl *(lachend)*. Ah na, so hon i nie gredt.

Liesel. Aber tan hast darnach!

Wastl. Na, na, aber so tu ich neamermehr und no sein mir allzwei gscheiter und no könnt mer's rechtschaffen und ehrlich von vorn wieder anheben, wann dir nur taugen möcht.

Liesel. Wer weiß, ob's mir net taugt!

Wastl. Aber, Liesel, neamer fürn Narren halten.

Liesel. Aber, Wastl, wie wurd denn dös sein kinna, du bist ja hizt so viel gscheit.

Wastl. Na, dir is mer's leicht net gnug. Aber reden laß no mit dir drüber nach'm Feierabend!

Liesel. Wohl, wohl.

Wastl. Wo bstellst mich denn hin?

Liesel. Weißt's ja eh – in Mühlbach!

(Die in der kommenden Szene Auftretenden werden hier sichtbar.)

Wastl. O du Unend, dös zahlst mer! *(Will sie an sich ziehen und küssen.)*

Liesel*(wehrt ihn ab)*. A Ruh gibst! Eine hob ich dir schon versprochen – d' zweite verdienst hizt! *(Hat ihn gegen den Heuschober und in die Enge getrieben.)* Zahltag ist!

Wastl*(wehrt sich)*. Aber nöt vor dö Leut, Liesel!

Elfte Szene

Vorige. Knechte und Mägde, darunter Michl und Annemirl, Rosl. Alle durch den Zaun auftretend.

Michl. Ho, Großknecht, wehr dich! Wehr dich, sunst geht's dir schlecht.

Wastl. Halt's Maul!

Annemirl. Je, schau, schau! Weiß mer's doch jetzt, warum 'n Wastl kein hiesige Dirn net ansteht! Dös is sein Schatz, und der kimmt von auswärts!

Wastl*(sieht sie von der Seite an).* Besser a Dirn kimmt von auswärts, als sie geht nach einwärts, dös steht net schön.

Rosl. No no, Wastl, richtig is net mit dir. Hast vergessen, daß Mittag is? Wir sein alle schon abgfuttert, hab dir dein Essen af d' Seit gstellt.

Wastl. Ich frag nach kein'm Essen. Han, Liesel, magst du's leicht habn? Hast ein weiten Weg hinter deiner; wirst hungrig sein.

Liesel. No, wann viel is, gib's her.

Wastl. Wird net wenig sein. Kumm nur. Und dann schau, daß d' mit unsern Bauer auf gleich kimmst!

Michl. Liesel heißt s'?

Annemirl. Soll s' in Dienst?

Rosl. Dös war recht. Wastl, dö bring nur auf 'n Hof. Bist so lustig, wie's d' ausschaust, Dirndl?

Liesel. Bin mein Lebtag net trauriger gwest wie hizt.

Rosl. Nachher is's schon recht. Brachst 'n Bauer wieder zrecht, dös war a verdienstlich Werk; möcht mer doch wieder lachen und lustig singen hörn auf'n Hof, wie ma alt wordn is dabei.

Liesel. No, soll dös net sein?

Rosl. U mein, na! Hörst nix als von Buß und von Reu und vom Versterbn!

Liesel. Na, da tu ich net mit!

Rosl. Und koans soll sich rührn!

Liesel. Ös armen Hascher, ös! No, ich ghör net zu dö Engern und justament sing ich hizt oans!

Wastl. Nöt, Liesel, na; war no z' fruh! Eh schau, daß dich der Bauer leiden mag!

Liesel. Weißt ja net, was ich ihm will und ob mir drum is, daß ich ihm ansteh! Kränkt mich ja gar net, wann er mich gleich davonjagt, und dann geh ich wieder und bring der Mahm ein schön Gruß.

Wastl. Du gangst – glei –?

Liesel. Wonn a i geh, kannst ja du doch kimma!

Wastl. No is's eh recht!

Liesel. No, und hizt laßts mich aus! Wann ich mir 's Einwendige von so einer traurigen Wirtschaft betrachte wird mir eh die Luft zwenig in der Stubn und ich bin mir nimmer gleich, bis ich wieder draußt bin. Muß ich schon eini, solang ich noch außerhalb bin, bin ich d' Horlacher-Lies und zum Trutz noch einmal so lustig!

Lied

1.

A Bub kimmt zun Himmel,
Fragt beim Petern sich an:
»Gibt's da Zithern und Dirndeln?
So bist du mein Mon!«
Und drauf sagt der Peter:
»Dös gibt's bei uns net!«
Und da kratzt sich der Bub
Hinterm Waschl und geht.
(Jodler.)

2.

Der Bub kimmt zur Höll drauf,
Fragt beim Teuxel sich an:
»Gibt's da Zithern und Dirndeln?
So bist du mein Mon!«

Und drauf sagt der Teuxel:
»Dös gibt's bei uns net!«
Und da kratzt sich der Bub
Hinterm Waschl und geht.
(Jodler.)

3.

Und Zithern und Derndeln,
Na, dö kann i net lon,
Und so steht mer der Himmel
Und 's Höllreich net an.
O schön grüne Welt,
Laß sagn, wie d'mer gfallst,
Solang Zithern klingen
Und mei Dirndl mich halst!

Chor

O schön grüne Welt
Laß sagn, wie d'mer gfallst,
Solang Zithern klingen
Und mei Dirndl mich halst!
(Jodler.)

(Zugleich hört man hinter der Szene Grillhofer und Dusterer das Bußlied singen.)

Erlös uns von des Lebens Pein,
O Herr, in deinen Gnaden
Und führ uns in den Himmel ein,
Das kann uns gar nicht schaden!

Zweiter Akt

Garten des Grillhoferschen Gehöftes. Rechts, mehr vorne, präsentiert sich eine andere Ansicht des Hauses wie im ersten Akte. Verwandlung. Eine Türe, unmittelbar neben derselben, jedoch schon ganz in den Vordergrund gerückt, eine Laube, in welcher ein Tisch und Bänke stehen. Im Hintergrunde, in Mannshöhe über dem Boden, schließt ein lebender Zaun die Bühne ab, zu dessen aus Prügelholz genagelten Einlaßschranken ein Anstieg hinanführt. Ein Gebirgspanorama vervollständigt die Dekoration.

Erste Szene

Dusterer. Grillhofer. Rosl. Durch die Haustüre.

Dusterer*(übereifrig, noch unsichtbar, hinter der Szene).* So – so – nur a weng ins Freie – und die Stuben derweil lüften – und a bissel Waldrauch einemachen! *(Stürzt heraus, einen Kopfpolster unterm Arm, den er sogleich in der Laube an einer Banklehne zurechtlegt. Grillhofer, von Rosl geführt, folgt langsam.)* Nur langsam – geht schon, geht schon – halt dich nur an d' Rosl. – Schau, selb tun dir dann alles meine Kinder. – Na siehst, so sein wir da! – Ja, ja so ein Schwagern habn, dös is schon die neunte Seligkeit! No, sitz nur nieder!

Grillhofer*(setzt sich).* No, niedersetzen – is eh recht! *(Rosl richtet den Polster und geht dann ab.)*

Dusterer. So! – Und nachhert, daß ich sag, ja, daß ich sag, der Bader meint, wann dich 's Ausgehn gfreun möcht, kunntst es schon wagn!

Grillhofer. Der Bader ... der Bader, dös is a Esel, kunnt ebensogut sagn, wann mich 's Tanzen und Springen gfreut, söllt ich mich net abhalten lassen.

Dusterer. No, no, wer weiß, wann's die Bußhaftigkeit verlanget, wie beispielsmäßig der König David zu Gottes Ehr tanzt hat – brachst es leicht a zwegn. Und wann dir recht war – schaden tat's net, meinet der Bader – na – ja – so kunnt mer morgn schon nach der Kreisstadt fahrn hin – hin – beispielmäßig, weil d' selber gmeint hast, es möcht dir recht sein – wegn der Ordnung – no – beispielmäßig nur.

Grillhofer. Hast du's aber eilig!

Dusterer. I? Ah na – nöt dran denken – aber weil du selbn schon – beispielmäßig –

Grillhofer. Is schon gut.

Dusterer. No weißt, ich mein halt nur, dö arme Seel da nur könnt's völlig net derpassen und tat ihr schon 's erste Ruckerl wohl, was af unser eindringlich Fürbitten gschahet. Beispielmäßig halt 's der Teuxel an oaner langen Ketten, wie a Bub ein Maikäfer an ein Bindfaden; wie mir aber anhebn, muß er 's scho a Bröserl auffilassen, nöt höher leicht wie die Laubn da, aber doch, und wie mir nöt nachlassen, is's mitm zweiten Schub scho durt aufm Nußbaum und so höher und allerweil höher, und wann du dich dann noch einsetzt mit dein guten Werk und wirfst dein Gut ins Meer, dann reißt die Ketten mitten wurz voneinander und – heidi! – fliegt dö Seel auffi in Himmel, hast es net gsehn! – holt 's kein Teuxel mehr ein! Hehe – ja – ja –

Grillhofer. Hehe – war eh recht.

Dusterer. Und dein Gwissenswurm, was deßtwegen in deiner Brust war, findt nix mehr z' nagn und z' beißen und verstirbt dir elendig – aber schon elendig – der Sakra! Und allzwei seids derlöst.

Grillhofer. War scho recht, war eh recht!

Dusterer. No, magst dich drauf verlassen – hm, ja! – *(Blickt angelegentlich gegen den Himmel, spricht aber so wie nebenher fort zu Grillhofer.)* Glaub mir, wann ich dir was sag: der Wurm fliegt in Himmel und die Magdalen verstirbt dir elendig ...

Grillhofer. Ah na – no 's selb war ja verkehrt!

Dusterer. Was? – Ah ja – ahan – hon ich's gfahlt gebn?

Grillhofer. No, wie! Nach was hast denn ausguckt?

Dusterer*(etwas kleinlaut)*. Ob moring – ob moring wohl a schön Wetter sein möcht, beispielmäßig, daß mir a weng furtfahrn kunnten.

Zweite Szene

Vorige ohne Rosl. Wastl mit Liesel. Durch die Haustüre.

Wastl. No, da hastn ja, 'n Grillhofer! Siehst, der mit 'm Polster auf'm Rucken.

Grillhofer. O du Lalli, »der mit 'm Polster auf'm Rucken«, sagt er, wie wann der angwachsen war! Was gibt's denn?

Wastl. Dös Dirndl will z' dir af Bsuch.

Grillhofer. So, so, na, kimm nur naheter – wer bist denn – woher kimmst denn – was willst mer denn, han?

Liesel. U mein Jegerl, dös dermerk ich mir ja gar net der Reih nach, dein Fragn nach bist lang nöt so alt, als d' ausschaust; aber, Bauer, dös muß ja schön langsam gehn und Tipferl ... für Tipferl!

Grillhofer. So, so, han, und nach jedem Tipferl schadet a gut Tröpferl a net? Na, Wastl, schau halt nach der Rosl, sö soll dir a Flaschen Süßen gehn und a weng Schleckwerk findt sich wohl a noch in der Speis. *(Wastl ab).*

Dritte Szene

Grillhofer. No, sitz nieder, Dirndl!

Liesel. Mit Verlaub! *(Setzt sich Grillhofer gegenüber.)*

Grillhofer. Werdn mer halt schön langsam Tipferl für Tipferl fürgehn. So sag amal, wer d'bist?

Liesel. D' Horlacher-Lies hoaßen s' mich.

Grillhofer. Horlacher? Schau! Und woher kimmst denn?

Liesel. Von Ellersbrunn.

Grillhofer. Von Ellersbrunn. No, is schon richtig, no bsinn ich mich schon. I hon a alte Horlacherin aus Ellersbrunn kennt.

Liesel. Dös is mei Mahm.

Grillhofer. Ja, ja, a kloans dicks Weiberl, i weiß schon. Is a paarmal in mein Haus kämma, wie noch mein Alte – Gott hab s' selig – bein Leben war. Sider der Zeit hon ich s'neamer gsehn.

Liesel. Mir sein a mit dir in Verwändtschaft.

Grillhofer. So? Dös is 's erste Mal, daß i davon hör! Wie denn wohl?

Liesel. Aus ihrer Mutter ihrer ersten Eh hat dein Weib ein Halbbrudern ghabt und dem sein Gschwistertkinderssohn hat meiner Mahm ihr Gschwistertkinderstochter gheirat.

Grillhofer. So? So? – Mein Weib ihr halbeter Bruder ... na, wie war dös nachert gwesen?

Liesel. Dein Weib ihrn Halbbruder sein Gschwistertkinderssohn hat meiner Mahm ihr Gschwistertkinderstochter gheirat.

Grillhofer. Da tut ein'm der Kopf weh dabei!

Liesel. I hab mern net drüber zbrochen, ich hon dös Gsetzel einglernt wie a Starl, wie die Schulkinder 'n Katechisimus!

Grillhofer. Bist doch aufrichtig.

Liesel. Na, wohl, und schon wie!

Vierte Szene

Vorige. Wastl (kommt zurück).

Wastl*(stellt eine Tasse mit einer Flasche Rotwein und Gläsern darauf und einen Teller mit Kuchen auf den Tisch).*

Grillhofer. Bleib nur da, Wastl, mußt 'n Hausvatern machen, mußt einschenken und nachfülln! Ich glang net so weit und soll ich was haltn, zittern mer d' Händ, verschüttet leicht was, war schad drum!

Wastl*(füllt ein Glas und setzt es der Liesel hin).*

Liesel. Auf dein Wohlsein! *(Kostet.)*

Wastl*(die Flasche in der Rechten, deutet mit der Linken, in der er das Glas hält, auf Dusterer).* Kriegt der a was?

Grillhofer. No, wohl, wohl! – Fangst scho wieder an?

Dusterer*(streckt die Hand abwehrend nach dem Glas aus).* Na, na – wann ma net vergunnt is ... wann ma net vergunnt is ...

Grillhofer. Einschenk, sag ich! Du Sakra, du!

Wastl*(schenkt ein und stellt das Glas ungestüm vor Dusterer auf den Tisch).*

Grillhofer. Na, verkostn nur. Verkost. Freilich mehr für d'Weibsleut, aber a guter Tropfen!

Dusterer*(hat getrunken).* Jo, hehe, möcht mer do selber gleich, wann dös a Trunk für d'Weiberleut is, a Weib werdn.

Wastl. Bist eh schon oans und a alts dazu.

Grillhofer. Wastl!

Wastl*(stellt auch ein Glas vor Grillhofer hin).* Hob a oans für dich mitbracht!

Grillhofer. Weißt, ich trink net! No, weil schon dasteht, laß's halt! – Wolln mer wieder von was Gscheiten reden! Dirndl, a Antwort bist no schuldig. Was d' da willst?!

Liesel*(lustig).* Bissel erbschleichen sollt ich!

Grillhofer. Sollst? Teufl h'nein, wer kann dich denn dazu verhalten?

Liesel. Neamand! Meiner Mahm war dös af einmal eingfalln und ich taug a scho gar net dazu. Allweil um oans herumscherwenzeln wie a Hund, derweil mer ihm d' Schüssel blast! – und passen und warten afs Versterbn, ah, na, wurd mer ganz entrisch dabei, leb ich doch selber so viel gern! *(Steht auf.)* Na, Bauer, meiner Seel, möcht dich unser Herrgott no hundert Jahr leben lassen, ich neid dir kein Tag, nöt ein oanzigen neid ich dir!

Grillhofer. Bist a herzguts Dirndl!

Liesel. Ich wär eh net her, aber um 's Hoambleibn war mer grad a net z' tun, außi wollt ich gern; – doch a so herumvagiern und dann lugn: ich war da gwest, dös wollt ich wieder nöt! No tust mer halt den Gfalln und sagst, es wär da nix z'holn, und jagst mich wieder hoam.

Grillhofer. Hehe – kimmt dir wohl net unglegn, wann i mir mit 'n Hoamjagn a weng Zeit lass', han? Möcht aber doch wissen, wie dein Mahm af dö Gedanken kämma is!

Liesel. Ah, dö Mahm hat's recht ernsthaftig gmeint! *(Kopiert mit Laune die wohlwollende Redeweise einer alten, resoluten Frauensperson.)* »Liesel«, hat s' gsagt – »Schau, Liesel, du bist a einsam, verwaists Dirndl, mußt dich umtun, mußt dazuschaun! Verwändt bist amal mit 'm alten Grillhofer, dös können mer schriftlich aufweisen. Geh hin, schau eahm nach, soll ihm schlecht gehn, leicht gar macht er's neamer lang – verzeihst schon, Bauer – tu dich a weng einschmeicheln, er hat sunst dö lustigen Leut nöt ungern mögn ... «

Grillhofer. Möcht s'wohl a hizt no ...

Dusterer*(hat Grillhofer mit dem Ellbogen angestoßen).* Grillhofer. Wonn net ...

Wastl*(indem er sich über den Tisch beugt und das Glas vor Dusterer nachfüllt).* Wann d' mer noch amal 'n Bauern stupfst, kriegst a ein Deuter!

Liesel. »Und no geh zu«, hat s' gsagt, »daß dir neamd fürkimmt, mach dein Sach gscheit, leicht kost's no a Wartl, und dös Sein is dein!« – No was, Bauer, mei Mahm kennt sich aus, hättst wohl ein schweren Stand, tat ich nach ihrn Reden, aber so bin ich doch a bissel z'viel aufrichtig zun Erbschleichen.

Dusterer. Dafür bin i a no da.

Liesel. Zum Erbschleichen?!

Dusterer(*verblüfft*). Was? – Ah na – na, dös net, mußt mi recht verstehn, Dirndl, i mein dafür, daß der Schwoger nöt sein Sach zwegn ein Wartl weggibt.

Wastl. Wo du schon so viel Warteln drum gredt hast!

Liesel. So? Der Schwager bist du? Schau, von dir hat mei Mahm a gredt; sagt s': »Nimm's net z' leicht, soll neuzeit a Duckmauser bei ihm aus und ein rennen.«

Dusterer(*immer mehr verlegen*). Muß a recht a zwiders Weibsleut sein, dein Mahm – a recht a zwiders Weibsleut.

Liesel. Kunnt's net sagn! Weiß zwar net, was ihr eingfalln is, daß s' mich hergschickt hat, leicht hat sie sich gar denkt, es war net 'n Bauern sein Schaden, wann ich dich beim Furtgehn a mitnahm.

Grillhofer. Hehe, hizt habn s'n all zwei in der Arbeit!

Dusterer. No, lachst du a no dazu!

Wastl. Na, weinen wird er, müßt ja a Kuh lachen, wann s' dich hizt anschaut!

Dusterer. Beispielmäßig lacht a Kuh gar net –

Wastl. Na, aber a Ochs wird gleich flehnen.

Grillhofer. Dich hobn s' orndli.

Wastl. Lachst a wieder amal, Bauer? Lustig warn mer schon lang net.

Grillhofer. Ja, lustig – schaut's mich an – so alt und ...

Liesel. I kenn ein ältern. Hahn mer ein Bauern in Ellersbrunn, der hat seine achtzig auf'm Buckel und am Kirtag schreit er no um sein Musi und singt:

Lied

No will ich amal lustig sein,
Bin glei a alter Mon,
Doch will ich so, no Sikra h'nein,
Wem gang denn dös was an!
(Jodler. Grillhofer singt den Jodler mit.)

Wastl. Jesses, jesses, Bauer, geh, tu mir Bscheid!

Grillhofer. Du hast ja koan Glasl!

Liesel. Mir trinken aus oan!

Wastl. U, mein Jegerl, ja, Liesel, mir trinken aus oan! *(Nimmt das Glas.)*

Grillhofer. Schau 'n Wastl – du Hoamlicher – is dös die Rechte amal? Hehe!

Wastl. A wohl – dö war's schon! *(Stoßen an.)*

Liesel*(singt).*

Warum soll i nöt lustig sein?
Gott is a guter Mon,
Mir gfallt es Lebn, mir schmeckt der Wein,
Und neamad geht's was an!
(Jodler.)

Grillhofer*(klopft dem Dusterer auf den Rücken).* No, brumm a mit, alts Eisen! *(Alle singen mit.)*

Liesel*(singt).*

Hon i doch all dö Lebtag mein
Koan Schlechtigkeit net ton,
Und will i amal lustig sein,
Wem gang denn dös was an?!
(Setzt zu dem Jodler ein.)

Dusterer*(stößt sein Glas hart auf den Tisch).* Do singst nöt mit, Schwager! Möcht wissen, wie d' da mitsingst, ohne daß dir der Stimmstock umfallt! Sing mit, wann d' kannst! Hast all dein Lebtag koan Schlechtigkeit nöt tan? Hast nöt? Han?

Grillhofer*(der schon beim Jodler der ersten Strophe mit aufgestanden war, sinkt jetzt zurück auf die Bank; finster).* I sing eh net mit!

Dusterer*(leise und angelegentlich).* Und laß der sagen: So is die Weis net, wie mer d' armen Seeln derlöst, und so verstirbt a der Wurm net! Wann d'n a jetzt mit Wein einschlaferst, moanst, er wird neamer munter? Oh, er wird schon.

Liesel*(ganz verwundert, tritt hinzu).* Ja, was is's denn? Was hast denn auf einmal, Bauer?

Grillhofer. Laß's gut sein, laß's gut sein, Dirndl! Ich dank dir schön, hast es recht gut gmeint, aber ich und du sein a gar z' ungleich Gspann, tauget mir schon, kunnt ich no Schritt halten mit dir, aber so bin halt ich der Stützige. Jo, jo, d' Lustbarkeit findt da in mein'm Einwendigen ein gar strengen Herrn, der s' austreibt! Es leidt sich amal koan Fröhlichkeit auf mein Hof, no, wirst selber kaum verbleibn wolln und ich darf dich a net verhaltn, 's wird völlig Ernst mit 'm Furtschicken – na, na, daß d' mer net ganz harb bist, soll der Wastl, wann Feierabend is, a Stuck Weg mit dir gehn.

Liesel. No sollt ich fort und is dir 's Lustigsein doch so gut angstanden; geh ich, fangst mer wieder zun Duckmausern an.

Grillhofer. Mein lieb Dirndl, anders schickt sa sich neamer für mich.

Liesel. Möcht doch wissen, warum?

Grillhofer. Jo siehst, Dirndl, du bist für Leut, was nöt schwer tragn unterm Brustfleck, für solchene aber *(auf Dusterer)* is er der rechte. Vor ein halbn Jahrl hob ich mein Deuter kriegt. Sunst allwal gsund, streift mich af amal der Schlag. Elendig bin ich daglegn, hon aber no net gwußt, wo dös h'naus soll; aber der hat sich gleich auskennt, is gleich zu mir ins Haus grennt und hat gsagt: »Schwoger«, hat er gsagt, »du hast a Sünd af dir, was d' nie noch recht bereut hast, hast's alleweil af d' leichte Achsel gnummen und unter der Zeit is der Wurm in dir foast wordn, so foast, daß d'r hizt, wo er sich aufdammt hat, bald Seel und Leib vonandgangen wärn! No schau halt hizt dazu. Besser spot wie gar nöt!« No, redet bot er ghabt, recht hot er ghabt! War wohl schon a verschlafene Gschicht, aber recht hot er doch ghabt, wie er mir's vorgstellt hat! Jo, jo!

Liesel. Hättst es net aufwecken lassen, dö verschlafene Gschicht. Wär gscheiter. Soll hizt der Floh, den dir der ins Ohr gsetzt hat, 'n Wurm fressen?

Grillhofer. Mußt nöt gspassen mit sölchene Sachen, mein lieb Derndl! Du weißt halt no von wenig. Aber ich will dich net ohne Einsehn lassen; sündig, wie ich war, und reuig, wie ich bin, sollst mich kennenlernen; ich will der dö Gschicht am Weg mitgebn, so Versündigungssachen sein allmal lehrreich für dö Weibsleut! Mag wohl schon a fünfundzwanzg Jahrl her sein, hat damal mei Weib noch glebt, da is a Dirn zu mir in Dienst kämma, war a klein mollets Ding, bißl hoffartig, hat sich mit koan Bubn nöt abgebn, nur af mi hat s' freundlich gschaut; daß ich sag, mei Weib hot koan oanzigs Kind af d' Welt bracht, allweil is's krank gwest und um dö Zeit is's gar elendig dahinglegn, ich aber war allzeit a kerngsunder Mon, und so schickt sich's halt amal, ich triff die Dirn allein und so is's halt kämma, wie's oft kimmt und zugeht af derer Welt. Bin mir nöt ganz klar, dö Dirn war nie so recht offen, war dös Wahrheit oder hat s' nur dö schwere Arbeit loswerdn wolln, sie hat a so tan, als war s' af dö Versündigung neamer recht richtig mit ihr. Aber lang, vor sich's hätt weisen können, is mein Weib ihr Vertraulichkeit zu mir aufgfallen, dö hat s' zu sich rufen lassen, hat s' beicht oder net, weiß net, aber sie hat af amal fortbegehrt und ich hab s' a net ungern fortlassen.

Liesel*(an der Schürze spielend)* Was d' da verzählst, Bauer, dös is freilich wohl nöt recht, kann aber doch nöt allein af dein Rechnung kämma, sein ja doch zwei dabei gwest.

Grillhofer. Wohl, wohl, zu solchene Dummheiten sein für gwöhnlich zwei vonnöten. Aber ich hätt solln 'n Gscheitern machen. Wie s' amal furt war, war s' wie vom Erdboden wegblasen, weit und breit da h'rum hat s' neamand mit kein Augn mehr gsehn. Was wohl mit ihr gschehn is? Hizt liegt's mer halt schwer auf, weil ich s' aufn Sündenweg gbracht hab, wie weit s' wohl drauf fortgrennt sein mag, immer naheter und naheter der Höll zuhi! Und hizt leicht gar net weit davon einloschiert! Jo, jo!

Wastl. Und dös ist dö ganze Gschicht? Zwegn dem tust so verzagt, zwegn dem willst Haus und Hof in fremde Händ gehn, nur damitst mehr freie Zeit und a Gsellschaft zur Bußübung kriegst?!

Grillhofer. Wohl – wohl.

Wastl. Na hörst, Bauer, meinst, wann mer amal dumm war, ma macht's besser, wann ma dann no dümmer is?

Grillhofer. Red nur du nix drein, Wastl, dös verstehst du net; sei froh, daß d' nix af dir hast, und schau dazu, daß d' a nix h'naufkriegst, wo d' dös möchst verstehn lernen!

Dusterer. Is a rechte Lehr – is a wahre Christenlehr, Wastl; nimm dir's z' Herzen! Beispielmäßig möcht einem 's Leben anlachen wie a schöner Obstgarten, aber zulangen is net verlaubt, dös verwihrt ein'm der liebe Gott.

Liesel. Geh zu, Schwarzer, mußt unsern Herrgottn nöt zum Vogelschrecker machen! Hat er doch selber die Kirschen so rotbacket und d' Weinbeer so glanzend gmacht, no, und übernimmt sich eins, is dös sein eigene Sach, wie er wieder mit sein Magn auf gleich kimmt, und beispielmäßig gibt's koan bessere Lehr als so ein überessenen Spatzen, was marod auf 'm Astel sitzt und 'n andern zuschreit: Zviel is ungsund!

Dusterer. Mein liebe Dirn, beispielmäßig kennst du dich lang no net aus, is a gar koan Red vom lieben Gott, der ein'm alls Gute vergunna möcht, sundern vom höllischen Erbfeind, was ein'm zum Übermaß verlockt, wo 'n ein'm drauf net gut wird und ma nachhert in der Höll sein Kamillentee kriegt, was aber kein net schmeckt! Ja, ja, unter dö Kirschen liegent eben 'n Höllischen seine Fallstrick, und wo sich hizt der Schwoger alser Bußfertiger davon loslöst, hat er scho recht, wann er a a jedes Faderl von sich tat, wo do nochmal der Höllische amal anknüpfen kunnt.

Grillhofer. No, sehts es – sehts es. Dös is a Red. Der versteht sich halt drauf – ja dadrauf versteht er sich!

Wastl. No, is a a schöne Profession!

Grillhofer. Und hizt laß mer dö unnötig Wartlerei sein. Mei lieb Dirndl, magst d'r, vor d' gehst, noch a weng mein Hof anschaun! Tu's ohne Neidigkeit, ist dir vielleicht zum Bessern und bleibt d'r manche Versuchung derspart, wann nöt wird, wie deiner Mahm ihr Absehn war. Wann d' zu ihr hoamkimmst, magst ihr sagn, ich lass' s' schön grüßen, und sag nur, wie's wahr is, du wärst wirklich schon z' spat kämma. Morgn, wann a schöner Tag is, fahr ich vielleicht schon nach der Kreisstadt und tu a jed Faderl von mir, wo no der Teuxel mich anfassen kunnt; ich tu's 'm Schwager verschreibn, der is scho mehr auf seiner Hut. Und no bhüt dich Gott, Dirn! Daß d' da warst, war mer doch a klein Aufheiterung, wann's a bei mir net recht verfangen will, und no vergelt dir's Gott! Und wonn amal alls in Ordnung is und ich bei mein'm Schwogern in der Ausnahm bin, dann such mich hoam, vielleicht bin ich dann scho a weng lustiger wordn.

Dusterer*(tätschelt die Hand Grillhofers)*. Ja, ja, freilich, mein lieben Ausnehmer magst nachhert schon bsuchen.

Liesel. No, bhüt dich Gott, Bauer.

Grillhofer. Bhüt Gott und spater vergiß net auf mich und kumm fein.

Liesel*(kehrt zurück)*. Oh, ich schau dir schon nach! Ich weiß net, mir gschieht so viel hart um dich – es is mir, als wär dir dös traurige Wesen naufzwungen und stund drum a net 'n lieben Gott noch 'n Menschen an, is mir, als sollt ich dir noch a ganz a Menge sagn, aber ich wußt wahrhaftig selber net, wie ich's vorbringa sollt. Bhüt dich recht Gott! *(Läuft ab.)*

Wastl. Schickst es richtig furt? *(Grillhofer schupft die Achsel.)* Bauer, mir is, als solltst es dahalten – dahalten.

Grillhofer*(lachend)*. War wohl neamd lieber als dir! Bist a Feiner du!

Wastl*(wendet sich ab und geht der Liesel nach, unter dem Abgehen räsonierend)*. Is a recht! Setz morgn den Duckmauser auf'm Hof, so renn ich übermorgn schon nach Ellersbrunn, und müßt ich ins Taglohn! Möcht nachher so a Wirtschaft mit ansehn, so a Wirtschaft – heilig Kreuzdonnerwetter! *(Beide durch die Haustür ab.)*

Fünfte Szene

Dusterer und Grillhofer.

Dusterer. Ob ich mir's net denkt hab, Grillhofer! Ich hab mer's aber denkt! Wie s' vermeinen, es gibt bei dir was z' holen, so kommen dir Leut ins Haus grennt, mit denen dein Lebtag nix hast z' tun habn wölln!

Grillhofer. No, sucht halt jeds af der Welt sein Vorteil. Kummen s', sein s' da, gibt's nix, gehen s' wieder! Beirrt mich net und kann dir wohl a gleich sein.

Dusterer. Wann d' a so denkst, freilich wohl. – Dein Weib, mein Schwester, hat eh amal gsagt – wart a weng wie war denn dös? Daß ich's net nur beispielmäßig, sundern Wartl für Wartl fürbring, wie's gwesen is! Ja, ja, fallt mer schon ein. Dein Weib hat eh a amal gsagt: Nikodemi hat s' gsagt, auf'n Mathis schau mir und weis mer'n fein nachi in Himmel. Bringt dir wohl a ein Lohn, denn nach dem, wie der Mathis sich an mir versündigt hat – jo wie er mir weh tan hat, war's net schön, wann er net das Seine bei unserer Famili lasset!

Grillhofer(*hatte den Kopf in beide Hände gestützt, blickt jetzt auf*). Dös hätt mei Weib zu dir gsagt? Hat dich do nie gut leiden mögn. Schau, Dusterer, du bist ja hizt eh am Ziel, was bringst denn solchene Sachen für? Kam ich dir af a Lug, möcht's dich reun.

Dusterer. No, wirst doch net meinen – Schwoger – wirst doch net meinen? ...

Grillhofer. So hat mein Weib nie gredt.

Dusterer. Aber, Schwoger, glaub mir... – no, soll sie's nöt gsagt habn – du bist krank, ich will net streiten mit dir.

Sechste Szene

Vorige. Leonhardt.

Leonhardt*(Fuhrknecht, hat ein breites, rotes Gesicht mit pfiffigem Ausdruck, trägt breitkrempigen Hut, blaue Bluse, hohe Stiefel, kommt durch das Zaungatter den Anstieg herunter; ist etwas angeheitert).* Öha! Grüß Gott miteinander! Dusterer, dich such ich! Hat mer dein Alte gsagt, ich traf dich do, is mer recht, muß gleich wieder furt mit meine Roß – geht eahner wie mir – kinnen nöt lang stehn.

Dusterer. Was gibt's?

Leonhardt. Vorerst liegt a klein Fassel Essig für dich in der Kreisstadt, möchst 'n bald abholn – ja – da hast vom Spediteur 'n Frachtbrief. *(Gibt ihm einen roten Zettel.)*

Dusterer. Was hast 'n nöt glei mitbracht?

Leonhardt. Weil er no nöt zahlt is!

Dusterer*(steckt den Frachtbrief zu sich).* Noch was?

Leonhardt. A Seitel Wacholder hon i mir verdient, mein ich.

Dusterer. Dös war dös Fassel nöt wert.

Leonhardt. Ah, wer redt hizt vom Essig. Hast a schlechts Angedenken! Vor ein halben Jahrl host mer's versprochen, wonn ich dir was auskundschaft.

Dusterer*(fährt vom Sitz empor).* Was sagst? So, so, no, da kimm nur glei mit hoam.

Leonhardt. Kumm eh grad her! Wonn i so viel umanandrenn, wird mer schwindli, no jo, bin nur 's Fahren gwohnt. Bleibn mer da – is jo nur der Grillhofer, dein Schwager!

Dusterer*(ungeduldig).* Sakra h'nein: Mitkimmst, sog ich!

Leonhardt*(sieht ihn starr an).* Wos?!

Dusterer. Sunst verspielst'n Wacholder!

Leonhardt. So redst? – Wer – wer bist denn du? Bist leicht mei Herr, daß d' mit mir so h'rumschreist? Han, schau dich an, notiger Ding! Möchst es jetzt gern ablaugnen? Wann d' mer a so kimmst, brauch ich 'n gar net, dein Wacholder, brauch 'n net! Ein andermal such der anderne aus zu sölchene Gschäften, mich net! *(Zu Grillhof-er.)* Schau der 'n an – a Seitel Wacholder hat's golten, um d' Riesler-Magdalen is gangen, was vor fünfundzwanzg Jahr in dein Dienst war ...

Grillhofer*(fährt empor)*. Was sagst, um d' Magdalen?

Leonhardt. Jo, wo s' verblibn is, ob s' no lebt oder schon verstorbn is. Jo. Seit oan halben Jahr, zeit- und randweis hon ich nachgfragt. Und hizt reut's ihm, hizt reut ihm dös Seitel Branntwein ...

Grillhofer*(aufgeregt)*. No red, red, Lenhardt!

Leonhardt. No, verdient hab ich mer'n!

Dusterer*(schreit)*. Kriegst 'n net!

Leonhardt*(schreit gleichfalls)*. Brauch 'n net, hab ich gsagt, solltst dich schamen gegn ein Fuhrknecht! Bauer willst hoaßen? Nix bist!

Grillhofer. Laß 'n, Lenhardt, laß 'n! Was is mit der Magdalen?

Leonhardt. Auskundschaft hon ich's!

Grillhofer*(aufschreiend)*. Sie lebt?!

Leonhardt*(schreit gleichfalls)*. Jawohl! – Ah so, du bist's gwest, Grillhofer – ah ja, du, ich hon gmeint *(auf Dusterer)*, der schreit wieder gegn meiner.

Grillhofer. Um Gottes willn, Lenhardt, bsinn dich af d'Wahrheit, hast a recht gsehn?

Leonhardt. No, wohl recht gsehn und recht gfragt.

Grillhofer. Du wöllt s' hizt ausgfunden habn, wo es Gericht sie die lang Zeit her scho sucht!

Leonhardt. Ausgschriebn war a Erbschaft, aber gmeldt hat sa sö net, weil ihr dös Gspiel z'viel verschuldt war.

Grillhofer. Und wo, wo hast es denn aufgfunden?

Leonhardt. A drei Stund von da, wann d' ins Gebirg einifahrst, an der Kahlen Lehnten hat s' ihr Wirtschaft.

Grillhofer. Ich muß hin – wird mich net umbringen, dös bissel Fahrn, wird mich nöt umbringen; mit meine eigenen Augen muß

ich mich überzeugen, wie's mit ihr steht, in was für oan Elend als s'
lebt! *(Ist bis zur Haustür gegangen.)* Rosl – he, Rosl, hörst! *(Kommt, in
der Westentasche nachsuchend, wieder vor.)* Lenhardt, dank der schön,
hast mer a rechte Wohltat derwiesen. Dank der schön, da hast. *(Gibt
ihm Geld.)*

Leonhardt. Is gern gschehn, Bauer *(betrachtet den Betrag sehr be-
friedigt)*, no, vergelt dir's Gott!

Siebente Szene

Vorige. Rosl (erscheint unter der Haustür).

Rosl. Was willst, Bauer?

Grillhofer. Eil dich, Rosl, der Michl soll hurtig einspanna, er muß mich führen, er weiß sich aus, nach der Kahlen Lehnten fahrn mer.

Rosl. Aber, Bauer!

Grillhofer. Sei stad, Rosl, es muß sein, hätt sonst kein Ruh und kein Rast. 'm Wastl sag, tät mer leid, aber er konn sei Derndl hizt neamer begleiten, muß hoam bleiben, weil ma net wissen kann, was leicht no wird oder gschiecht. Und hizt tu dich um, richt mer mein Rock und mein Hut und 'n Schofpelz konnst mer a af'n Wagen werfen, für dö Nacht etwa.

Rosl. Aber ...

Grillhofer. Geh zu und tu, wie ich sag!

(Rosl ab.)

Achte Szene

Vorige ohne Rosl.

Grillhofer*(kehrt zurück und will den Kopfpolster von der Bank nehmen).*

Dusterer*(stürzt herzu und faßt an dem andern Ende an).* I trag 'n schon!

Grillhofer*(zerrt ihn an sich).* Laß los!

Dusterer. Aber, Schwoger! *(Zerrt den Polster an sich.)*

Grillhofer. Rühr mir an nix Meinigs mehr! *(Zerrt ihn zurück.)*

Dusterer*(läßt den Polster fahren und will den Arm Grillhofers fassen).* Schwoger – laß reden ...

Grillhofer*(deckt sich mit dem Polster gegen jede Berührung des zudringlich werdenden Dusterer).* Mir habn ausgredt! Alsdann dö Magdalen lebt, lebt s' nöt? Erzlugner!! Is die Höll a drei Stund von da an der Kahlen Lehnten? Is dort die Höll? Erzlugner!

Dusterer*(ist ihm bis zur Haustüre gefolgt).* Grillhofer! *(Faßt ihn am Rockzipfel.)*

Grillhofer*(zornig).* Erzlugner!! *(Stülpt ihm den Polster auf den Kopf, wird dadurch frei und verschwindet unter der Haustüre.)*

Neunte Szene

Vorige ohne Grillhofer.

Leonhardt*(gutmütig)*. Teufi, is der Grillhofer schichti wordn! No' mach der nix draus, kimm mit, zahl ich dir a Glasl! *(Zeigt das erhaltene Geld.)* Schau, wie der Wacholder blüht!

Dusterer*(wütend zu Leonhardt)*. Vergreifa kunnt ich mich an dir – völlig vergreifa!

Leonhardt*(indem er sich zum Gehen wendet)*. No, aber nachhert gute Nacht! 'n Polster hast schon, und ich tat dich schon a orndlich zudecken.

Dusterer. Der leidig Höllteufl hat dich herbracht.

Leonhardt*(schon beim Anstieg)*. Nöt wahr is, dein Weib hat mich hergwiesen! *(Ab.)*

Dusterer*(allein)*. Sikra h'nein, is eh so, mein Weib hättn hoam halten solln, den versoffenen Lump, hätt doch selbn herrennen können, hätt ihr d' Füß net kost't! – No, gfreu dich, wonn ich hoam kimm! – Sand an all'm Elend schuld, scho von Paradeis her, dö Weibsleut! – A holb Jahr plag i mich obi, dank 'n Himmel für jeden guten Einfall, den er mir schickt, womit ich den alten Sünder ins Gwissen reden konn! Und hizt soll alls umasunst gwest sein, zwegn so oaner Dummheit! Aber no gib ich's net auf, ich muß a dabei sein, ich muß mit hin nach der Kahlen Lehnten, ob er mich mit habn will oder net – ich weiß schon – ich schleich mich in Hof, und wonn dö Rosl 'n Schofpelz auf'm Wagn wirft, so kriech ich drunter. Was will er denn mocha, wann ich a so mitkimm? Was will er denn macha? Geht schon, geht schon, weil net anderscht is, kimm ich halt in Schofpelz hin. *(Will durch die Haustüre schleichen, prallt aber zurück und schleicht um das Haus; Kulisse vorne rechts ab.)*

Zehnte Szene

Wastl und Liesel (durch die Haustüre).

Wastl. No, gehst wirkli scho, Liesel?

Liesel. Freilich wohl, wo d' mich hizt net begleiten därfst, möcht ich doch schon vor Einbruch der Nacht wieder in Ellersbrunn sein. Haha, dö Mahm wird Augen machen, wonn ich sag, mit der Erbschaft is nix, aber ein Schatz hon ich gfunden. Leicht jagt sie mich dann davon!

Wastl. No rennerst halt glei zu mir!

Liesel. Jo, aber, wo wirst du nachher sein, wann d' bei dein Bauern net verbleibn willst?

Wastl. Is a net zum Verbleibn, seit der sein'm Schwogern sein Norr is! No schau, is doch gut, daß mir uns wieder z'sammgfunden habn, ganz mutterseelenallanig fraget ich ein Teufel darnach, was aus mir wurd, und rennet nur so ins Blaue h'nein davon; aber da a für dich gilt, werd ich mich schon um oan rechten Platz umschaun.

Liesel. No, recht is's, nur a weng wart noch zu und mach's fein manierli, daß 'm Bauern net hart gschieht. Ös mögts ja doch selber einander leiden!

Wastl. Awohl – wohl ...

Liesel. Mir derbarmt der alte Mon. Möcht ihm gern helfen, laßt ein'm aber kein Zeit dazu. I traf's schon, meinst net? Is heunt doch lustig wordn, gelt?

Wastl. Oh, du brachst alls z'wegn!

Liesel. Und no bhüt dich Gott, Wastl.

Wastl. Bhüt Gott, mein Dirn, ich denk dir gwiß an dich bei Tag und Nacht!

Liesel. No, bei Tag mag i dir's a versprechen, aber bei der Nacht, da schlaf ich.

Wastl *(lacht)*. Du bist halt d' Horlacher-Lies, wie von ehnder, und so sollst a sein, weil nur hizt mein bist! Mein ich doch, ich halt's gar net aus, so weit von dir z' sein, möcht all Stund wissen, was tust und treibst, ob d' mein a a bissel denkst, und möcht dich wohl tags z' tausendmal grüßen lassen, fand ich ein Boten, kunnt alls zwischen Himmel und Erd drum angehn, was sich drauf verstund! Mei Dirndl!

Duett

Wastl. Du kleins Bacherl, wunderklar,
Rinnst so flink daher,
Grüß mer schön mein lieben Schatz,
Na, du weißt schon wer!

Liesel. Und da sagt 's Bacherl drauf:
Ich bin net so schnell,
Dorten halt mich 's Mühlrad auf,
Kimm net von der Stell.

Wastl. Schneeweiß Täuberl überm Haus,
Grüß mer du mein Schatz,
Flieg in alle Weiten aus,
Findst'n schon am Platz!

Liesel. Schneeweiß Täuberl putzt sich fein,
Sagt: I richt's net aus,
Heut spricht ja mein Tauber ein
Und ich bleib schön z' Haus.

Wastl. Du kloan Herz in meiner Brust,
Schlag voll Freudigkeit,
Denn mein Schatz ist mein bewußt
Hizt und allezeit!

Beide. Und wie gestern so a heut
Denkt er an mich schon,
Zwischen brave, treue Leut
Braucht's koan Botenlohn.
(Jodler.)
Du nur hast, {der | dö} Einzigi,
In mein Herzen Platz,
Denk an mich, i denk an di!

Bhüt dich Gott, mein Schatz!
(Liesel geht den Anstieg hinan.)
Denk an mich, i denk an di!
Bhüt dich Gott, mein Schatz!

(Jodler, unter welchem Liesel, nachdem sie das Zaungatter passiert, sich auf demselben aufstützt, zum Schluß wirft sie einen Kuß dem Wastl zu, der mit einem Juchzer ihr nachläuft. – Der Vorhang fällt.)

Verwandlung

Wirtschaft an der »Kahlen Lehnten«. Die Bühne zeigt den Hofraum. Links vorne ein Teil des Hauses mit der Eingangstüre, rechts ein Teil einer Scheuer. Beide sind in einem stumpfen Winkel gegeneinander gebaut und durch eine sogenannte offene Einfahrt (leeren Torbogen, etwa durch einen Balken, »Schranne«, verschließbar) verbunden. Hinter dem Hause steigen gewaltige Felsmassen hinan, welche weit in den Hintergrund verlaufen, wo dieselben an den aufrecht stehenden, bewaldeten Bergkronen als nacktes Getäfel schief angelehnt erscheinen (Kahle Lehnten). Ab und zu hört man das Grollen eines fernen Gewitters.

Elfte Szene

Der Bauer, Natzl und Hans (mit Sensen und Rechen, kommen durch den offenen Torbogen zögernd nach vorne).

Natzl. Oba, Voda, was wöllt's denn hizt schon dahoam?

Hans. Z'wegn we hättn mer denn fruher Feierabnd gmocht?

Bauer*(alter Mann, schon an die Siebzig, geht gebeugt, hat graues Haar und dunkle, buschige Augenbrauen, die Lodenjoppe schlottert ihm um den Leib und auch im übrigen Anzuge zeigt sich eine arge Vernachlässigung – erstaunt).* No, z'wegn'm Wetter do!

Hans. Hehe, freilich, z'wegn 'm Wetter! *(Lehnen die Werkzeuge an die Scheuer.)*

Natzl. Kunnt ja do der Voda a weng ins Dörfl schaun, af a Glasl Wein!

Bauer. Wißts ja do, daß mer d'Muada koan Geld loßt.

Natzl*(gibt ihm Geld).* Habn do mir oans für'n Vodan!

Bauer. Ös seid, s doch gute Buama. No, do gehn ich schon, hehe, freili gehn i! Wonn mi aber leicht es Wetter derwischt?

Natzl. Beileib!

Hans. Hehe, sogn mer do schon 'n Vodern a fufzgimal, von derer Seiten kimmt's jo nie übri, bleibt ja allmal entern Berg!

Bauer. Hehe, ös seid's Hallodri und alle fufzgimal hon ich's richti vergessa! No, und wo gangt's denn ös hin?

Natzl. In Wold!

Bauer. In Wold? Wonn eng aber 's Wetter derwischt?

Hans. Hehe – hehe –'s kimmt ja net!

Bauer. Hehe – richti – jo –

Natzl. Wonn's a kam, mir fanden schon oan Unterstand.

Hans. A wohl – und was f ür oan.

Bauer. No, nachhert, wo denn?

Natzl. In der Köhlerhüttn.

Bauer. Ui, ui, ös Schlankeln, a wohl in der Köhlerhütten, no, no, ös seid's mer Feine! Der Kohlnferdl is heunt mit oaner Fuhr nach der Stadt und ös fandets seine zwoa Dirndeln allanig.

Hans. Wohl – wohl – is eh a so.

Bauer. Ös Lotter, schau – schau. Ös treibts es nöt schlecht, ich war scho a achtavierzgi, wie ich enger Muada gheirat hab.

Hans. Weil halt da Voda a Trauminöt war!

Bauer(beleidigt). So, a so! So meinst es! A Trauminöt war ich gwest. So? und dir fahlet Kuraschi nöt – gelt na, fahlet eng nöt, dö Kuraschi! Moants, ös kunnts zeitli dazuschaun, warts koane Trauminöt! Stund eng dö Ehrbarigkeit von engern Vodern nöt an, han, wöllts es besser habn? – Was? Na! Hoam bleibt's hizt! Hoam bleibt's! Leni!

Natzl(zu Hans). Du bist a rechter Lapp, mußt allwal dein dumm Maul auftun, möcht der glei oans draufgebn!

Zwölfte Szene

Vorige. Die Bäuerin.

Bäuerin*(erscheint unter der Türe, sieht heraus).* Ah, ös seids scho hoam? *(Verschwindet wieder.)*

Natzl. No, is dir leichter, hizt kannst wieder Strümpf stricken.

Hans. Hehe, du aber a und der Voda a. Hehe.

Bäuerin*(kommt mit drei Gestricken, angefangene Strümpfe und große Wollknäuel daran, gibt jedem eines).* Da schauts dazu – mir bleibt koan Zeit, und dö Kloan verreißen so viel, daß ich froh sein muß, sie verrichten ihner Sach! *(Ab.)*

Dreizehnte Szene

Vorige, ohne die Bäuerin.
Kleine Pause, während welcher alle drei sich das Strickzeug zurechtrichten und zu stricken beginnen.

Natzl. Heiligkreuzdunnerwetter, dös is a Unterhaltlichkeit.

Bauer. Aber ehrbar – halt ehrbar!

Natzl. Dös schon.

Hans. Mir is nur, was sich dö Rosl wird denken.

Natzl. Du, Hiesl, dö halt dich eh nur zun Narren, unter der Wocha darfst ihr schöntan und 'n Sunntag geht s' mit 'm Jaga!

Hans. D' Wocha hat sieben Täg!

Natzl. Kimmt fürn Sunntag viel z'samm zun Lacha! Mir is nur um mei Kathrein! –

Hans. Halt hizt es Maul – ich muß zähln!

Natzl. Jo, Voda – sikra h'nein – 's Arbeitszeug därf net dort an der Scheun lehnen bleibn.

Hans. Kunnts es Wetter derwischen!

Natzl. Du, ich sag der's! *(Schiebt sein Strickzeug dem eifrig strickenden Bauer unter den einen Arm.)* Halt no der Voda a kleins Wengl! *(Eilt gegen den Hintergrund.)*

Hans. Faß nöt alls af amal, greifst sunst in a Sensen. I hilf dir. Voda, a wengerl nur! *(Schiebt ihm sein Strickzeug unter den andern Arm und rennt dem Natzl nach.)*

Vierzehnte Szene

Der Bauer (allein), dann die Bäuerin.

Bauer*(mit beiden Gestricken unter den beiden Armen, strickt emsig, aber behindert an dem dritten weiter – zieht eine Nadel aus).* Jetzt weiß ich nöt, ob's gfahlt is! *(Kratzt sich mit der Nadel am Kinn.)* Kunnt doch sein, muß mer halt nachschaun ...

Bäuerin*(unter der Türe).* Mögts essen ... jo wo sein denn die Buama?

Bauer. 's Arbeitszeug tun s' in d' Scheun!

Bäuerin. 's Arbeitszeug lehnt ja no dort!

Bauer*(wendet sich).* Wos?! – Teufi, dö sein durchbrennt!

Bäuerin. No kannst es suchen! *(Ab.)*

Bauer. Ho, dö find ich mer scho aus! *(Wendet sich, fortstrickend, zum Abgehen, es entfällt ihm ein Knäuel.)* Eh, eh, halt dich, Sakra. *(In der Bemühung, diesen aufzuheben, der zweite und dann der dritte.)* Teufi h'nein! – Oha – no, krieg eng schon! *(Schleift sie ein Stück an langen Fäden hinter sich.)* No, wanns nöt wöllts, hol eng allz'samm der Teufel, braucht er neama bloßfüaßet z' gehn! *(Stößt das ganze Strickzeug mit dem Fuß in einen Winkel.)* No, gfreuts eng, Buama, alle miteinander kriegn mer's, wann mer hoamkimmen. Wonn uns nur nöt es Wetter derwischt! *(Den Abgegangenen nach. – Kleine Pause. Erneuerte dumpfe Wetterschläge.)*

Fünfzehnte Szene

Grillhofer, Dusterer (durch die offene Einfahrt), darauf die Bäuerin (aus dem Hause).

Dusterer. No, Schwoger, is doch recht, daß ich mit bin, gelt ja? Daß d' net mußt so allanig herumsteign! Hon's gleich gsehn, daß mer mit 'n Wagen net zukönnen. Dös is es oanzige Ghöft an der Lehnten.

Grillhofer*(auf einen Stock gestützt, kommt langsam vor).* Jo, jo, kimmt mer aber a weng z' groß für, als daß sich's ließt von oan oanschichtigen Weib bewirtschäften.

Dusterer. No, no, werdn mer ja sehn, wer darauf sitzt! Wer weiß, was dem versoffenen Unfriedstifter, dem Lenhardt, fürkämma is?! Am End is er noch a verlogener Spitzbua dazu und hat uns nur hergnarrt.

Bäuerin*(von innen).* Wer is draußt? *(Tritt unter die Tür.)* Seids ös es schon?

Grillhofer. Gutn Abend!

Bäuerin. Gutn Abend – was wöllts denn?

Grillhofer*(tritt zitternd näher).* Bist du die Riesler Magdalen?

Bäuerin*(keifend, wobei sie aus der Türe den Angesprochenen immer näher tritt).* Wer fragt darnach? Ich frag, wer darnach z' fragen hat?! D' Poltner bin ich, die Bäurin an der Lehnten, hat neamand darnach z' fragen, was ich sunst bin oder war! War allweil a Ruh, hizt af amal war es Fragens kein End! Vor paar Tägn erst hat a Fuhrknecht da h'rumgfragt, daß's orndlich auffällig war, und hizt kamen wieder oan. Was habts der Riesler-Magdalen nachz'fragn? In mein ledigen Tagen is zwischen mir und oan Bauern a Dummheit gwest, is eh schon bald neamer wahr. Is er leicht verstorbn und seids ös vom Gricht und bringts mer a Erbteil?!

Grillhofer*(tritt näher).* Magdalen – *(Donner, fernes Aufleuchten.)* Kennst mich neamer?

Bäuerin. Neamd kenn ich! *(Aufleuchten.)*

Grillhofer. Bin ja der Grillhofer!

Bäuerin(*auf schreiend*). Jesses – der Grillhofer! (*Donner, kleine Pause.*)

Bäuerin(*äußerst zungenfertig*). Was willst denn da? Bringt dich der Fürwitz her, nachschaun? Hon mer's eh gwunschen, ich möcht dir amal all's einesagn kinna! Hast wohl gmeint, es rnüßt mehr so gehn, wie mir's von dir aus hätt gehn können? Von dir aus hätt ich amal elendig im Armenleuthaus versterbn mögn, aber der Herrgott hat a rechters Einsehn ghabt und drei Jahr darnach, wie ich von dir weg bin, hon ich's besser troffa; der alte Poltner hat mich gheirat und hizt sitz ich als Bäuerin do am Hof, schau dir'n an, ob er dem dein'n viel nachgibt. Hast denn glaubt, ich hätt mich um was anderscht mit dir abgebn, als weil ich vermeint hab, dein Bäurin segnt bald es Zeitliche und ich kimm an ihrer Stell z' sitzen?! Nöt a so viel (*schlägt ein Schnippchen*), sixt, war mer sonst an dir glegn!

Grillhofer(*ist erstaunt einen Schritt zurückgetreten*). Schwager, z'wegn der werd ich mich net z'viel am Todbett abiängstigen!

Bäuerin . Dein Bäurin is aber net so bald versturbn, und wie s' mer hinter mein Trachten kämma is, hat s' all ihre Ersparnus drauf gwendt, daß s' mich loswordn is, denn mit leere Händ war ich net weg, a es Kind hat s' mer verpflegn müssen.

Grillhofer. 's Kind!? So war richtig oans af d' Welt kämma?! Um Gottes wölln, Magdalen, sag mer nur oans: wo dös verbliebn is?!

Bäuerin(*etwas bewegt*). Kunnt der's net sagen, Grillhofer, wonn i a möcht! A Dirndl is gwest, is mer ja gleich nach der Geburt furtgnummen wordn! (*Wieder barsch.*) Such dir's hizt! Damal hon ich für mich allanig gnug Sorg tragn müssen und nachert im Ehstand sein nacheinander zwölf Kinder kämmen und alle – als hätt mich der leidige Höllteufel frotzeln wölln – han af der Linken dein ausdrehten klein Finger mitbracht! Alle rennen s' no af der Welt herum, fünfe hon mer hizt no auf der Schüssel; meinst, ich hätt noch Luft ghabt, mich ums dreizehnte außer der Eh umz'schaun?

Grillhofer. Hättst nur oan Fingerzeig ...

Bäuerin. Nix hon ich und jetzt han mer ausgredt! Gsehn hast es, daß mer's geht, wie mer's gehn kann, ich mein, net schlecht, siehst, daß ich da af mein'm Eignen bin, und no mach, daß d' weiterfindst samt dein Spießgselln, bevor meine Leut kämmen – wann's net schleunig gnug seids, so mach ich eng Füß und lass' dö Hund von der Ketten –

Dusterer. Hizt jagt s' uns gar aus!

Bäuerin. Ratet's a koan, er kam wieder! In meiner Ruhigkeit will ich verbleibn – wie mir hizt is, is's mir recht – hon mir nie unnötig Gedanken gmacht – brauch koane alten Gsichter z' sehn – brauch dös net! *(Ab.)*

Grillhofer. Gehn mer, gehn mer furt! Mir is so schlecht da h'rum *(deutet auf das Herz)*, so viel schlecht! Ein Stein war mir h'runter, aber a schwererer druckt hizt drauf! *(Ab. – Die Szene, welche nur wenig vom Düster der Gewitterwolken beeinflußt war, erglänzt jetzt im hellen Mondlichte.)*

Sechzehnte Szene

Dusterer (allein), dann Bäuerin, Bauer, Natzl und Hans.

Dusterer. Glei kimm ich nach, Schwager! – Schau hizt her, no wär gar a Kind da! Hätt ich dös nur fruher gwiß gwüßt! Aber mein Schwester – Gott tröst s'! – dö dumme Gredl, hat mi ja nie in ihr Haus zulassen; weil s' krank war und keine Kinder ghabt hat, hat s' ihm allweil durch d' Finger gschaut und alles vertuscht! Ob der Bankert no lebt oder schon verstorbn is? No, dasselb wird die Bäurin do wissen – ich muß's a wissen – hat zwar 'n Teufel im Leib, dö Bäurin – aber ich muß's wissen! *(Geht in das Haus ab. – Im Hintergrunde treten Hans, Natzl und der Bauer, einer hinter dem andern langsam durch die offene Einfahrt auf.)*

Hans*(weinerlich).* No sein mer wieder da!

Natzl. No hat der Voda sein Willn.

Bauer. Jo, no – oba wird glei d' Muada ihrn habn! *(Schaut gegen den Himmel.)* Schau, hat uns doch net derwischt, dös Wetter!

Natzl. Dös freili net – oba leicht hizt a anders!

Bäuerin*(innen).* Wissen mußt der's – han – wissen mußt der's!

Dusterer*(innen).* Auweh!

Hans. Ui! D' Muada rafft mit oan!

Dusterer*(stürzt heraus, ein Besen fliegt ihm nach).*

Bauer. Ho – faßts an, Buama, hauts zu! *(Fallen über ihn her.)*

Dusterer. Aushalten a weng, Mona! *(Reißt den Frachtbrief aus der Tasche.)* Sehts dös rote Papier do?

Alle. Jo.

Dusterer. Kinnts lesen?

Alle. Na.

Dusterer*(beiseite).* Gott sei Dank! – Schauts dös Petschaftsiegel drauf an. Alles in Ordnung! Dös is a Dispens vom Konsisturi; Mona, ich derf net ghaut wern! *(Indem sich Dusterer gravitätisch zum Abgehen wendet und die anderen verblüfft dareinstarren, fällt der Vorhang.)*

Dritter Akt

Dekoration: Bauernstube wie im ersten Akte.

Erste Szene

Rosl, dann Wastl.
Wie der Vorhang aufgeht, ist die Bühne leer, durch die Fenster rechts fällt helles Mondlicht in die Stube. Eine Schwarzwälder Uhr schlägt zehn.

Rosl*(kommt mit einer Öllampe, an der der Schirm herabgelassen ist, von links).* So, war lang scho alls fertig zun Niederlegn! Wollt nur, ich wußt 'n Bauern scho in sein Bett. Wo er nur verbleibt? Zehni is's, no rührt sich nix. Es is frei schon zun Fürchten! *(Stellt die Lampe auf den Tisch.)* Jesses, in der Kuchel geht oans! *(Mit erstickter Stimme.)* Wer is draußt? Ah, is leicht nur unser Saunigel. *(Geht näher zur Türe, lauter.)* Wer is draußt?

Wastl*(die Türe im Hintergrunde rechts ein wenig öffnend.)* A gut Gwissen!

Rosl. Ah, der Wastl is's!

Wastl*(kommt herein).* Wohl, Rosl! Aber mit dir is's net richtig, fürchtst dich in der Finstern. *(Zeigt seine Pfeife.)* A weng Feuer hon ich mer holn wolln, is aber koan Fünkerl mehr am Herd.

Rosl. Is a schon spat! Wo nur der Bauer verbleibt?

Wastl. Wer weiß, muß er heunt nöt wo anderscht übernachten! Kunnt ja noch gar net da sein! Rechne dir's selber aus, zwischen a drei und vieri is er furt, drei Stund sein hin bis zur Kahlen Lehnten, drei Stund z'ruck, braucht er sich gar net viel aufzuhalten, muß's zehni vorbei werdn!

Rosl. Was er nur dort macht?

Wastl. Wann d' es net besser weißt wie ich, so ersparn mer einand's Ausfragn.

Rosl. Horch! Es fahrt a Wagn!

Wastl. Richtig, hör'n a. Aber der kimmt von der andern Seiten, von der Ellersbrunner!

Rosl. Schau, haha, bei dir kimmt hizt alls von Ellersbrunn.

Wastl. No, ohne Frotzeln, horch doch nur, hizt poltern s' über dö Brucken und hizt fahrn s' beim Kreuzwirt ins Tor und stelln ein.

Rosl. Hast a recht, aber hizt is der still und ma hört no oan Wagn, der kimmt von der andern Seiten und immer naheter!

Wastl. Hör 'n schon. – Hizt wär er ganz nah – no? – Richtig fahrt er in' Hof ein. No möcht 's doch wohl der Bauer sein. Schau ich halt nach. *(Ab.)*

Rosl. No, Gott sei Dank, daß er nur da is! Is a Zeit – nach a zehni! Nur a Glück, daß er sein Schofpelz mit hat, geht zwar a wacherl-warmi Luft, aber halt do, im Fahrn!

Zweite Szene

Vorige. Grillhofer, auf Wastl gestützt, zuletzt folgt Dusterer, der sich an der Türe aufstellt, als wollte er gar nicht bemerkt werden.

Wastl(*geleitet Grillhofer zu dem Sorgenstuhl*). Muß schön dreinteufelt habn, der Michl, daß's schon wieder da seids. Hizt derf ich nur gleich nach'm Stall schaun!

Rosl. Je, dö armen Rösser!

Grillhofer(*sehr erschöpft*). Gilt mer gleich! Hon kein Erbarmnus mehr mit dö Viecher, habn's do allmal besser af der Welt wie unsereins!

Rosl. Bist gscheit?

Grillhofer. Lebn do und kennen kein Vorschrift. – No, schau halt nach 'm Stall, Wastl.

Wastl. Gute Nacht, Bauer. (*Ab.*)

Grillhofer. Gute Nacht! – Kannst a gehn, Rosl!

Rosl. No, willst allanig ins Bett kraln? Wird mühselig gehn.

Grillhofer. Sollt ich schlafen, werd ich mich schon ins Bett finden. Gute Nacht!

Rosl. No, gute Nacht, Bauer! (*Ab.*)

Dritte Szene

Grillhofer und Dusterer.
Kleine Pause.

Grillhofer*(stützt den Kopf in beide Hände).*

Dusterer*(kommt langsam aus dem Winkel nach vorne).* Schwoger!

Grillhofer. Wer is's? *(Blickt auf.)* Du? Was willst du noch da? – Hab ja 'n Wagn vor dein Haus halten lassen, daß d' aussteign solltst.

Dusterer. Hat nöt sein mögn, weil ich halt mit dir noch z' reden hätt!

Grillhofer. Weißt a neuche Lug?!

Dusterer*(beleidigt).* Schwoger!? – Glaub mir, wann ich dir was sag! Beispielmäßig –

Grillhofer. Ich brauch nix Beispielmäßigs mehr, hob gnug an dem, was wirkli vorgeht und wo ma umsonst a Auslegung sucht.

Dusterer. Schau, Grillhofer, es is mir vergangen – na ja, weil du ja selber es Rechte angebn hast, daß mein Traum doch a Vorbedeutung hat. Hast ja selbn gmeint, im Rauchen und Feuer sieht mer schlecht, dö Riesler-Magdalen konn dös im Fegfeuer net gwest sein, aber – Grillhofer – dein Kind is's gwest, dös hon ich für sö gnumma, no ja, weils ihr gleich schaut, weil ebn a der Magdalen ihr Kind is!

Grillhofer. Dummheiten!

Dusterer. Grillhofer! Hör mich aus, glaub mir, wann ich dir was sag! I mein, es verbleibt bei unsern Abkämmen – es geht halt hizt um dein Kind!

Grillhofer. Weil dir's taugt, steckst dös hizt ins Fegfeuer.

Dusterer*(eifrig).* Na, na – weil die Sünden der Eltern an den Kindern gstraft werden, steckt's drein und wohl wegn der eignen Sündhaftigkeit a, meinst, so vater- und mutterlos war's rechtschaffen wordn?!

Grillhofer. Wer aber sagt dir denn, daß's versturbn sein muß?!

Dusterer. Grillhofer, laß dir sagn, besser, es is versturbn, als es is lebig a so, daß d' der's überlegn rnüßt, ob du's a anerkenne kinna kannst!

Grillhofer*(ausbrechend)*. Sixt, Dusterer, dös is! Lang net, mer wußt oans in der Höll, is mer so gstraft, als ma weiß oans af der Welt, dem ma beispringa möcht, dös vielleicht nach ein'm ruft in Nöten, Drangsal und ein'm zumöcht – und mer kann net – weiß koans vom andern, wo's is!

Dusterer*(tritt näher)*. Armer Schwoger!

Grillhofer. Halt 's Maul! *(Ruhiger.)* Geh hizt! Hon kein Lust, mich no heunt mit dir h'rum z' dischpatiern.

Dusterer. Na, lass' mer's halt af a ander Mal! Gute Nacht, Schwager! *(An der Türe.)* Oan Frag hätt ich no?

Grillhofer. Was denn?

Dusterer. Bleibt's dabei?

Grillhofer. Bei was?

Dusterer. Beispielmäßig, fahrn mer morgn nach der Kreisstadt oder net?

Grillhofer. Heunt weiß ich nix, gar nix! Geh zu!

Dusterer*(kommt wieder etwas vor)*. Nur eins no! Soll mal was sein, hon ich's gern bald richtig!

Grillhofer*(sieht ihn groß an, spöttisch)*. I weiß, mer kennt dich dafür, haltst af Ordnung!

Dusterer. So oder so! Lang h'rumschneiden konn i net leiden! Schau dein Einwendigs an! Brauchst ein Zuspruch, gut, so halt dein Wort, sunst bleib ich dir fern.

Grillhofer. Werdn ma ja sehn, ob ich 'n Zuspruch nötiger brauch als du mein Hof!

Dusterer. Werdn mer sehn, gut is's! Nur kimm mer net z' spot, wann i eppa neamer für dich z' Haus bin. *(Wendet sich.)* War übel für uns allzwei, aber ich bin a so! *(Tut einen Schritt nach rückwärts.)* Grillhofer, ich geh hizt – gute Nacht?

Grillhofer. Gute Nacht!

Dusterer. Hast mich grufen?

Grillhofer. Na.

Dusterer. I hon gmeint, es reut dich! – *(An der Türe.)* Grillhofer, es steht geschrieben: Ich will nicht den Tod des Sünders! – I schau d'r schon morgen nach!

Grillhofer*(ungeduldig)*. No, moch nur heunt no furt – allan will ich sein! *(Sinkt in seine frübere Stellung zurück.)*

Dusterer*(hat die Türe geöffnet, bleibt aber an derselben stehen und blickt nach Grillhofer)*. Teufi, 's gute Auskämma hat ein End und mit ihm selber steht's wohl schlecht – mit muß er mir morgn, sunst war alles verschütt. Furt schlepp i 'n, und wann's ihm glei ans Leben gang, 's andere wird scho der liebe Gott gebn! – Wie ich mir 'n betracht, auf d' Hinterfüß stellt er sich wohl net! Dazu no d' heutig Nacht koan Augn zu. I hon's schon gwunna. Selbn hon ich a kein Schlof, ich schleich lieber bis fruh da um sein ... um mein Hof, um mein Hof. *(Schlüpft zur Türe hinaus, die er leise hinter sich schließt.)*

Vierte Szene

Melodram

Leise beginnt die Musik das Bußlied aus dem ersten Akt aufzunehmen und begleitet damit variiert den folgenden Monolog.

Grillhofer *(erhebt den Kopf)*. Viel tausend und tausend Meilen gehen rund um die Erd – – können viel hundert zwischen mir und mein Kind liegen – oder kann mer ganz nah sein und ich weiß's net! – – *(Steht langsam auf, mit gefalteten Händen.)* O himmlischer Voda! Wann's neamer lebt – – so laß a mich net so allan herumkriechen af der Welt – und wann's in Unehr auf gwachsen is, so bitt ich dich – – laß mich's net derlebn! – Himmlischer Herr, ich überheb mich net, aber wann d' a End mit mir machen wolltst – – es war wohl 's Gscheiteste! – – Und wann's vielleicht hizt in der nämlich Stund, wo ich zu dir bitt – aufschreit in Sünd und Nöten – so hör auf mi – verstopf dein Ohr – wann's sein Dasein reut und sein Vatern verflucht!!

(Die Musik bricht mit einem starken Akkord ab.)

Grillhofer *(ist zum Fenster gewankt, das er aufreißt, und sinkt jetzt auf einen davor stehenden Stuhl).* Luft!!! *(Kleine Pause.)*

Fünfte Szene

Voriger. Rosl. Liesel.

Rosl*(an der Tür, welche sie leise geöffnet hat, zur Liesel, die hinter ihr eintritt, lästernd).* Er is no auf! – *(Lauter.)* Bauer!

Grillhofer*(nickt mit dem gesenkten Haupte).* Jo.

Rosl. Schau doch auf! D' Horlacher-Lies is wieder da!

Grillhofer*(verloren).* So.

Rosl. Sie müßt heunt no zu dir, hat s' gsagt.

Grillhofer. Was will s'mer denn?

Rosl. Na, hör nur auf sie, ich weiß's ja net. *(Geht ab, indem sie der Liesel, die an der Türe stehengeblieben war, vorzutreten winkt.)*

Sechste Szene

Grillhofer und Liesel.

Liesel*(kommt vor, frisch)*. Jo, wir habn schon a Kreuz miteinander ... *(Da sie Grillhofer näher ins Auge faßt.)* Um Gotteswilln, Bauer, was is der denn?

Grillhofer. Nix, nix, Dirndl, triffst mich grad, wie ich nach meiner neuchen Wohnung ausschau.

Liesel. Gfreut dich dein alte nimmer? *(Sieht hinaus.)* Wo zu willst denn hinbaun?

Grillhofer*(hinausdeutend)*. Siehst! Siehst! Durt, wo die Kreuzeln herschimmern.

Liesel. Am Freithof? Geh zu, was kümmert dich der Freithof? Dö er angeht, dö wissen nix davon, und dö davon wissen, dö geht er nix an! Schau lieber, wie heunt dö Stern funkeln und 's Mondschein leucht. Bin hizt durch'n Wald hergfahrn, im Gezweig habn dö Johanneskäferln ihr Gspiel triebn und über der stillen Nacht is der ganze Himmel voll Lichter glegn. Und wann ma so hinaufschaut, wie's leucht und funkelt über der weiten Welt, da is ein, als ziehet's ein d' Seel aus der Brust und reichet dö weit über d' Erd in sternlichten Himmel h'nein.

Grillhofer. O jo – wohl – wohl – wonn mer holt no a freie Seel hat!

Liesel*(ermutigter)*. No geh, Bauer, tu net so verzagt, dö deine wird a no keiner am Strickl führn; laß dir hizt von meiner Mahm verzähln, daß d' auf andere Gedanken kimmst! – Denk dir, dö Mahm leidt's net, daß d' dein Hof weggibst!

Grillhofer*(erstaunt)*. Dein Mahm, dö alte Horlacherin, leidt's net? Dös is bsunders! *(Steht auf.)*

Liesel. Gelt ja!

Grillhofer. Dö leidt's net! No möcht ich doch wissen ...

Liesel. Na siehst, wann d' es wissen möchst, mußt d' mich schon anhörn. – Geh, ich führ dich.

Grillhofer. A na – na – konn schon no selber gehn. *(Geht, von Liesel geleitet, zum Sorgenstuhl, setzt sich.)* No, so verzähl halt! Hätt net denkt, es verinteressieret mich noch was, aber dös is doch bsunders – – ja, ganz bsunders!

Liesel. Nöt wahr? Dös find ich a! Is a gscheits Weib sunst, die Mahm – mirk a nix, sie war af amal irr wordn, aber da kenn ich mich a neamer mit ihr aus! – Also ich kimm z' Haus, sag ihr, du hättst mich ausgjagt, hoaßt s' mich a ungschickte Gretl; wie ich aber sag, du wölltst wohl morgn mit 'n Dusterer nach der Kreisstadt fahrn, ihm 'n Hof übergebn, da war's aus, no gleich hat der Müller einspannen müssen, gegen Geld und gute Wort, herfahren hab ich müssen, daß ich.ja vor der Fruh da bin – umarmt und bußt hat mich die Mahm beim Wegfahrn, als wann a Abschied auf ewige Zeiten war! Und gar no ein Brief hat s' mir gschriebn.

Grillhofer. Dir?

Liesel. Jo, an dich!

Grillhofer. Ah so, no, so gib. Dös kimmt allweil verwunderiger!

Liesel*(zieht den Brief aus ihrer Joppe).* Und ich sollt machen, daß d'n heunt no les'st, und für dich solltst 'n vorerst lesen, hat s' gsagt. *(Gibt ihm den Brief.)*

Grillhofer. No, so lesn mer 'n halt. *(Schiebt den Schirm der Lampe in die Höhe.)*

Liesel*(geht zum Fenster und blickt hinaus).*

Grillhofer*(entfaltet den Brief und liest).* »Lieber Grillhofer! Mit schweren Herzen schick ich Dir a Anvertrauts zruck, doch steht Dir frei, wann D' den Brief glesen hast, ob Du's als das Deine anerkenne willst, sunst nimm ich's mit Freuden wieder an mich! Ich mein, ich brauch mich net z' schämen, wie ich Dir's zuschicke. Dö Dirn, was heunt zun zweitenmal bei Dir einspricht, is im Deckerl in mein Haus bracht wordn, weil s' Dein Weib net hat auf'n Hof vor Augen haben wolln, aber es war ihr Meinung, wann a rechtschaffen Gschöpf aus ihr wordn wär, sollt ich Dir's zuschicken. Lang hab ich mir dös verspart, aber ohne Schaden für sie könnt ich's hizt nimmer bei mir verhalten. Dö Dirn heißt nach ihrn Rufnamen Horlacher-Lies, weil s' von klein auf bei mir war, hat bis heunt für vater- und mutterlos golten und weiß's selber net anders; nach'm Kirchbuch heißt s' Elisabeth Riesler und is, wie dö Magdalen ausgsagt hat, Dein Kind!! Es grüßt Dich und laßt Dir Dein'n freien Willn dö alte Horlacherin.« *(Legt den Brief vor sich auf den Tisch und hält sich den Kopf mit beiden Händen.)* Oh, du mein Gott, is mer denn recht? Steht's wohl a a so da?

Liesel*(hat diese Bewegung bemerkt und wendet sich).* Was is dir? Was schreibt denn die Mahm?!

Grillhofer. Ich weiß net recht – ich muß's nomal lesen, kimm zu mir – kimm zu mir, mein Dirndl, und halt mer es Licht.

Liesel*(eilt hinzu und steht neben Grillhofer und hält die Lampe).*

Grillhofer*(liest).* »Mit schweren Herzen schick ich Dir a Anvertrauts zruck, doch steht Dir frei, wann D' den Brief glesen hast, ob Du's als das Deine anerkenne willst, sunst nimm ich's mit Freuden wieder an mich. I mein, ich brauch mich net z' schamen, wie ich Dir's zuschick. Dö Dirn, was heunt zun zweitenmal bei dir einspricht, is im Deckerl in mein Haus bracht wordn, weil s' Dein Weib net hat auf'n Hof vor Augen habn wolln, aber es war ihr Meinung, wann a rechtschaffen Gschöpf aus ihr wordn wär, sollt ich Dir's zuschicken ... « Vergelt dir's Gott, Mirzl, in sein'n Himmel obn, vergelt dir's Gott. Vergelt er's a der Horlacherin und alln braven Weibsleuten, wie s' an uns tun! ...

Liesel*(ahnungsvoll).* Aber ich kenn mi no net aus!

Grillhofer*(liest).* »Dö Dirn hoaßt mit ihrn Rufnamen Horlacher-Lies, weil s' von klein auf bei mir war, hat bis heunt für vater- und mutterlos golten und weiß's selber net anders; nach'm Kirchbuch heißt s' Elisabeth Riesler und is, wie die Magdalen ausgsagt hat, Dein Kind« Dirndl, was zitterst denn a so? *(Faßt ihre Hand, in der sie die Lampe trägt, und führt sie nach dem Tische.)*

Liesel*(läßt die Lampe fahren).* Jesses, is aber dö Mahm a falschs Ding gwest! *(Sinkt vor Aufregung in die Knie auf den Schemel zu Grillhofers Füßen.)* Also du, du hast mer's Lebn gehn, no, vergelt dir's Gott, es gfallt mer recht gut af der Welt!

Grillhofer. Es reut mich a neamer – es reut mich a neamer. *(Sucht mit der zitternden Hand herum und legt sie der Liesel auf den Kopf.)* O du mein lieber Herrgott! *(Weinerlich.)* 's Kind is im Vaterhaus! – Haha, weil nur 's Kind im Vaterhaus is! – *(Preßt Liesel an sich.)*

(Kleine Pause. – Von außen vor dem Fenster präludiert eine Zither und nimmt dann die Melodie des Liedes aus dem ersten Akt auf.)

Grillhofer*(steht auf).* Horch – no wird's gar lustig no derf's scho wieder lusti werdn.

Liesel*(erhebt sich, deutet nach dem Fenster, und wie auf das Lied aufmerksam zu machen, singt sie piano).*

> Und Zithern und Derndeln,
> Na, dö kenn ich net lon ...

Grillhofer. Wer is's denn?

Liesel. Der Wastl! *(Umarmt Grillhofer und verbirgt ihr Gesicht an seiner Schulter.)* Weißt es ja eh – Voda!

Grillhofer. Haha! *(Das Orchester nimmt den zweiten Teil der Melodie voll auf. Er singt.)*

> O schön grüne Welt,
> Laß sagn, wie d'mer gfallst,
> Solang Zithern klingen
> *(Liesel an sich ziehend.)*
> Und mei Derndl mich halst!
> *(Den Jodler bringt die Musik allein.)*

Siebente Szene

Vorige. Dusterer, Wastl, Rosl stürzen zur Türe herein.

Dusterer. Schau, da schau – wie er Buß tut – und wie dein Schatz treu is!

Grillhofer. No – no – is a bissel viel, drei Narren af einmal!

Wastl. Alsdann doch wieder gfoppt! *(Greift nach der Türschnalle.)*

Liesel. Aber Wastl ...

Grillhofer. 's is ja mein Kind!

Rosl. Jesses, der Bauer hat a Kind kriegt!

Wastl. No, is's halt a reich Bauerstochter – und ich kann mer's Maul abwischen.

Grillhofer. Du bist a Trottel! Kannst ja net wissen, ob ich mir net lang scho ein solchen, wie du bist, zum Schwiegersuhn wünsch.

Wastl. Aber Bauer – Jesses und Joseph – dös is doch alles z'viel – aber i nimm's schon!

Grillhofer. Und no weiß ich mir schon mei Ausnehmerei und no fahrn mer morgn doch nach der Kreisstadt.

Dusterer*(ganz vergessen, schreit auf)*. Mir fahrn doch nach der Kreisstadt!

Grillhofer. Mir!!! *(Deutet auf sich und Wastl und Liesel.)* Aber net mir! Hast mer viel eingredt und viel vorglogn, damit ich mein, ich war der Schwärzeste, aber unser Herrgott kennt a ein gfarbten Schimmel, hat mich wieder fein sauber gstriegelt und hat mer dö ins Haus gschickt und gsagt: da hast z'gleich dein Buß und dein Sorg und dein Freudigkeit. Du aber, du trauriger Wurmdoktor, du bleibst mer aus mein Haus, deine Kinder magst mer schicken, was net für ihrn Vater können, daß mer an ihnen was tut.

Liesel. Aber für dich weiß ich a Lehr, is a wahre Christenlehr, Dusterer, nimm dir's z'Herzen! (Singt.)

Schlußlied

Der Herrgott hat 's Lebn
Zum Freudigsein gebn,
Und was wir oft schlecht,
Er macht's do no recht!
Drum sorg für das Deine,
Mach niemanden irr –

Grillhofer. Und misch dich net eini,
Du kriegst nix dafür!

Alle. Und misch dich net eini,
Du kriegst nix dafür!

Über tredition

Eigenes Buch veröffentlichen

tredition wurde 2006 in Hamburg gegründet und hat seither mehrere tausend Buchtitel veröffentlicht. Autoren veröffentlichen in wenigen leichten Schritten gedruckte Bücher, e-Books und audio-Books. tredition hat das Ziel, die beste und fairste Veröffentlichungsmöglichkeit für Autoren zu bieten.

tredition wurde mit der Erkenntnis gegründet, dass nur etwa jedes 200. bei Verlagen eingereichte Manuskript veröffentlicht wird. Dabei hat jedes Buch seinen Markt, also seine Leser. tredition sorgt dafür, dass für jedes Buch die Leserschaft auch erreicht wird.

Im einzigartigen Literatur-Netzwerk von tredition bieten zahlreiche Literatur-Partner (das sind Lektoren, Übersetzer, Hörbuchsprecher und Illustratoren) ihre Dienstleistung an, um Manuskripte zu verbessern oder die Vielfalt zu erhöhen. Autoren vereinbaren direkt mit den Literatur-Partnern die Konditionen ihrer Zusammenarbeit und partizipieren gemeinsam am Erfolg des Buches.

Das gesamte Verlagsprogramm von tredition ist bei allen stationären Buchhandlungen und Online-Buchhändlern wie z. B. Amazon erhältlich. e-Books stehen bei den führenden Online-Portalen (z. B. iBookstore von Apple oder Kindle von Amazon) zum Verkauf.

Einfach leicht ein Buch veröffentlichen: **www.tredition.de**

Eigene Buchreihe oder eigenen Verlag gründen

Seit 2009 bietet tredition sein Verlagskonzept auch als sogenanntes "White-Label" an. Das bedeutet, dass andere Unternehmen, Institutionen und Personen risikofrei und unkompliziert selbst zum Herausgeber von Büchern und Buchreihen unter eigener Marke werden können. tredition übernimmt dabei das komplette Herstellungs- und Distributionsrisiko.

Zahlreiche Zeitschriften-, Zeitungs- und Buchverlage, Universitäten, Forschungseinrichtungen u.v.m. nutzen diese Dienstleistung von tredition, um unter eigener Marke ohne Risiko Bücher zu verlegen.

Alle Informationen im Internet: **www.tredition.de/fuer-verlage**

tredition wurde mit mehreren Innovationspreisen ausgezeichnet, u. a. mit dem Webfuture Award und dem Innovationspreis der Buch Digitale.

tredition ist Mitglied im Börsenverein des Deutschen Buchhandels.

Dieses Werk elektronisch lesen

Dieses Werk ist Teil der Gutenberg-DE Edition DVD. Diese enthält das komplette Archiv des Projekt Gutenberg-DE. Die DVD ist im Internet erhältlich auf **http://gutenbergshop.abc.de**

FSC
www.fsc.org

MIX

Papier | Fördert
gute Waldnutzung

FSC® C083411

Zeitfracht Medien GmbH
Ferdinand-Jühlke-Straße 7
99095 Erfurt, Deutschland
produktsicherheit@kolibri360.de